---ONDER DE BLADEREN---

Auteur: Elke Brummelman

Titel: Onder de bladeren

Eerste editie

Vormgeving en opmaak: Elke Brummelman

Foto: Elke Brummelman en Jeroen Brummelman

Contact:

Instagram: elke.brummelman

Website: elkebrummelman.nl

Voor iedereen die denkt dat hun droom niet uit komt, er is een grote kans dat het wel gebeurt.

Met dank aan iedereen die mij steunde tijdens dit project.

Wat je levensdoel ook is, soms moet je verder kijken dan de bladeren.

Voorwoord

Ik heb er zo van genoten om dit boek te schrijven! Dit is mijn debuutboek die ik heb geschreven op mijn dertiende.

Ik hoop dat jullie er ook van genieten. Laat mij weten wat jullie er van vinden! Ik wil al jullie reacties lezen. Duik nu maar snel in het verhaal!

Veel plezier!

Waarschuwing!

Dit boek bevat een paar onderwerpen die schokkend kunnen worden ervaren

- Geweld
- Misbruik
- Kannibalisme
- Bloed/verwondingen
- Operatie
- Trauma
- Overlijden
- Sekte situaties

---EMILY---

Proloog

Het was een gewone ochtend, maar gewone ochtenden houden van chaos.

Ik sla mijn armen om haar heen.

'Maak er weer een leuke dag van,' fluistert mama in mijn oor. Mijn armen zijn om haar middel heen geslagen.

'Dat gaat zeker lukken,' antwoord ik.

'Ik moet maar weer gaan,' zegt ze als ze me loslaat. Ze stapt weer terug in de rode Mini.

Ik kijk achter me naar de kamer waar papa ligt. De witte fluwelen gordijnen zijn nog dicht. Mijn hoofd draait weer richting mama. De auto is nog net niet de hoek om. Ik zwaai, maar ze ziet me niet meer.

Er zijn veel gangen, maar ik heb geen hulp meer nodig. Waarschijnlijk ben ik hier al vaker geweest dan dat er gangen zijn. Als ik bij de laatste gang ben kom ik mevrouw de Wit tegen, een van de dokters van papa.

'Hey Emily, ga je weer naar je vader toe?' vraagt ze terwijl ze een karretje met thee en koekjes rolt.

'Ja, mama is net naar het werk toe,' antwoord ik vrolijk terug.

'Jij bent toch jarig? Je vader vertelde me het gisteren.'

Met een blij knikje geef ik antwoord.

'Hier,' zegt ze, terwijl ze een chocoladekoekje van de kar pakt. Ze kijkt even naar voren en naar achteren en overhandigt mij het koekje. 'Speciaal voor je verjaardag'

Mijn glimlach wordt groter. Ik pak het koekje aan en bedank haar. Ik draai me om richting kamer honderdachtennegentig.

'Een beetje stil zijn, je vader slaapt nog,' roept ze me na. Het is pas acht uur, dat is te vroeg voor mijn vader. Het liefste blijft hij slapen tot tien uur.

Ik stop het koekje in mijn mond. Het smaakt naar chocola met plastic. Een beetje rare smaak, maar dat maakt niet uit. Ik vind het lief dat ze iets heeft gegeven.

Ik ben er bijna. Honderdvierennegentig, honderdzesennegentig… Daar is het, kamer honderdachtennegentig.

Stilletjes doe ik de kamerdeur open, zo stil dat zelfs de dokter het niet doorheeft. 'Hallo,' fluister ik.

Hij kijkt op. 'Hey,' zegt meneer van de Wall.

'Hoe is het met papa?' vraag ik net iets te hard. Ik sla een hand voor mijn mond. 'Oeps…'

Hij lacht en kijk naar mijn vader. Zijn ogen zijn nog dicht, maar zijn adem wordt zachter.

'Het gaat goed, net zoals normaal,' antwoordt hij. Meneer van de Wall is aardig maar anders dan mevrouw de Wit. Zij is zorgzamer. Meneer de Wall is niet zo goed met kinderen, maar hij doet zijn best.

'Ik ga even thee halen,' zegt hij en hij loopt naar buiten. Zijn schoenen maken zachte piepende geluiden op de vloer.

Ik loop naar een stoel en schuif hem naar achteren. Hij schuurt over de grond en maakt een hard geluid. Ik schrik, spring naar achteren en stoot met mijn voet tegen het bed. Papa's ogen gaan langzaam open. De mooie ogen waar ik altijd al jaloers op ben. Hij gaat langzaam rechtop zitten en kijkt mij aan.

'Hey, Emmy,' zegt hij met half dichte ogen en zijn haar nog helemaal in de war. Ik hou ervan als hij mij zo noemt.

'Papa!' roep ik. Voorzichtig geef ik een knuffel en ik zorg ervoor dat ik niet het slangetje van zijn neus aanraak.

'Gefeliciteerd, mijn grote schat,' fluistert hij in mijn oor. Hij laat me los. 'ik heb nog wat voor je,' hij steekt zijn hand uit naar het bruine nachtkastje. 'Ik kon helaas niks voor je kopen, maar ik heb wel wat kunnen maken.' Hij schuift het laatje open en daar ligt zijn schetsboek in. Hij houdt van tekenen en doet het sinds hij hier ligt meer. Hij pakt het boekje met de kurken kaft op en geeft het aan mij. 'Hij is vol dus jij mag hem hebben, als je wel belooft om de volgende keer met een leeg boekje terug te komen' lacht hij. Ik blader door het boekje heen. Ik zie veel tekeningen van mama en mij.

'Heel erg bedankt,' zeg ik terwijl mijn glimlach groter en groter wordt als ik de schetsen zie. Het lijkt allemaal zo realistisch. Ik wou dat ik dat zo goed kon.

Meneer de Wall komt weer binnen. 'Je bent al wakker,' zegt hij. 'Ik haal wel wat eten voor jullie.' Hij loopt de kamer weer uit.

Ik wacht even tot ik geen voetstappen meer hoor. 'Waarschijnlijk weer magnetron poffertjes,' lach ik.

Papa lacht terug. Hij houdt van poffertjes, dus dat maakt hem niet uit. Na een tijdje komt hij weer terug met twee dienbladen met poffertjes. Papa en ik kijken elkaar aan en lachen. Meneer de Wall kijkt ons vragend aan terwijl hij de dienbladen aangeeft.

'Kijk uit, het is nog een beetje warm,' zegt hij.

'Ik hoef niet, ik heb niet zo veel honger,' zegt papa en hij zet het warme dienblad op het nachtkastje.

Meneer de Wall pakt zijn notitieboekje en noteert iets. Dat doet hij altijd als hij iets hoort dat hem verdacht lijkt. Hij lijkt wel op een detective.

'Dan eet je over een uurtje maar… voel je je voor de rest wel goed?' vraagt hij met het notitieboekje nog in zijn hand.

'Ik voel me een beetje vermoeid, maar niet heel erg hoor,' antwoordt papa.

'Wel stabiel?' zijn pen raast over het boekje.

'Ja, dat wel.'

Meneer de Wall loopt naar een kastje en opent het.

'Ik ga even je bloeddruk meten' zegt hij terwijl hij in het kastje graait.

'Is er iets ergs aan de hand?' schrik ik.

'Nee, waarschijnlijk niet,' Ik zie verschillende dingen langskomen. Hij haalt een apparaat met een pompje en een zachte band uit het kastje. Hij loopt weer terug en zet de band op de bovenarm van mijn vader. Het is best interessant om naar te kijken. Met het pompje pompt hij lucht in de band. Het ziet er strak uit. Dan kijkt hij op het apparaatje. Er staan twee getallen. Op de bovenste staat negentig en op de onderste zestig.

'Je bloeddruk is een beetje laag, dat maakt niet uit, maar we houden het wel even in de gaten,' zegt hij als hij de lucht uit de band laat lopen.

Ik eet mijn poffertjes op. Ik heb vandaag al wel een stukje taart gehad als ontbijt, maar voor poffertjes heb ik nog wel wat plek vrij. Papa heeft ze nog niet opgegeten. Misschien heeft hij gisteren gewoon laat gegeten. Ik pak het schetsboek er weer bij en ga naast papa zitten. Ik sla het open en blader er doorheen. Er is een bladzijde uitgescheurd.

'Wat zat hier?' vraag ik.

'Oh… niks bijzonders,' antwoordt hij. Ik geloof hem natuurlijk niet maar ik zal niet doorvragen. Misschien was de tekening wel mislukt. Na een tijdje komt mevrouw de Wit binnen. Meneer van de Wall spreekt even met haar. Ik versta er niet veel van, maar ik hoor iets over bloeddruk en eten. Hij geeft het notitieboekje aan mevrouw de Wit en loopt de kamer uit.

'Was hij een beetje uit te houden?' grapt ze.

'Ja hoor,' lacht ik.

Ik drink wat kaneelthee en we kletsen een tijdje tot dat papa aangeeft dat hij een beetje misselijk is. Mevrouw de Wit pakt het notitieboekje van de witte houten tafel.

'Voel je nog meer?' vraagt ze terwijl haar ogen van links naar recht over het boekje gaan.

'Ik heb een beetje last bij mijn borst.'

'Wat voor last precies?'

Hij denkt even na. 'Een soort van lichte druk,' antwoordt hij.

'Het is vast een bijwerking van de medicatie, dus maak je geen zorgen,' antwoordt ze. Ze klinkt alsof ze het detectivemaatje van meneer de Wall is.

Na een tijdje kijk ik op de klok. De zwarte wijzers geven aan dat het al kwart voor één is.

'Wil je nog wat drinken?' vraagt mevrouw de Wit.

'Lekker. Graag weer een kopje kaneelthee, mijn lievelingsthee,' zeg ik met een beleefde blik. Ze port in mijn zij.

‘Je hoeft echt niet zo beleefd te doen, ik ben het maar,’ grinnikt ze.

‘Sorry hoor mevrouw de Wit,’ zeg ik nog netter.

Ze rolt met haar ogen. ‘Wilt u nog wat meneer?’ vraagt ze aan mijn vader. Tegen papa is ze altijd heel beleefd. Ik merk dat hij een beetje stil is.

‘Ik had zo’n rare droom’ zegt hij. ‘Er waren dokters op een boot, of was het in een supermarkt?’

Mijn hartslag gaat omhoog. Dat is de slechtste grap die ik ooit heb gehoord. Of is het geen grap? Ik kijk mevrouw de Wit vragend aan. ‘Wat gebeurt er?’ vraag ik bang.

‘Het kan van alles zijn,’ zegt ze terwijl ze op een knopje naast het bed drukt.

‘Is dat erg’

‘Ik weet nog precies wat het is, maar ik denk het niet’

Ik zucht. Laten we maar hopen dat het niks bijzonders is.

‘Ga maar even daar zitten,’ zegt ze en ze wijst naar een stoel aan de zijkant van de kamer.

Ik sta op en loop naar de stoel toe. Er lopen nog meer artsen naar binnen. Er moet wel iets ergs zijn, denk ik. ‘Gaat het goed met papa?’ vraag ik angstig.

'Het komt goed hoor, dit gebeurt wel vaker,' zegt een arts die ik nog niet ken. Het maakt me iets rustiger.

'We gaan nu even onderzoeken wat er aan de hand is,' zegt een arts met lichtbruine haren. Ik ken haar niet goed, maar ik heb haar wel een keer zien lopen door de gangen. Uit het kastje pakt ze een verpakking met een naald erin en twee buisjes waarvan eentje een gekleurde dop heeft. Ze opent de verpakking met de naald, klopt op de arm van mijn vader en prikt het in zijn arm. Ik voel mijn ogen nat worden. Ze sluit een van de buisjes aan op de naald en vervolgens drukt ze het buisje met de gekleurde dop er in. In zie ineens een harde straal bloed in het buisje spuiten. Ik schrik en draai me snel om. Als ik weer terug kijk is de naald uit de arm, zit er een watje op geplakt en zie ik de verpleegkundige met het buisje de kamer uitgaan.

'Ze gaat even naar het lab, over een kwartiertje hebben we een gedeelte van de uitslag,' stelt mevrouw de Wit me gerust.

Ik kan haar niet zien, doordat mijn zicht wazig is door de tranen, maar ik herken haar stem.

'We gaan nu even een röntgenfoto maken. Ik kom zo even kijken hoe het met je gaat.'

Ik knik.

Ze rollen het ziekenhuisbed de kamer uit. Ik hoor de piepjes van papa's hartslag langzaam zachter worden. Af en toe hoor ik een hapering in de piepjes.

Er rolt een traan over mijn wang. Ik sta op en pak een tissue om mijn tranen af te vegen. Ik loop naar de prullenbak om hem erin te gooien. Als ik hem erin gooi zie ik iets liggen. Mijn hartslag slaat een keer over. Ik pak het op, het is de ontbrekende bladzijde van het schetsboek. Er staat een pakje sigaretten op met een gedicht erbij:

Dit is het begin van de nieuwe mij
Maar nu zonder sigaretten erbij
Nu ik iedere dag voor mijn leven vecht
Lukt het mij deze keer echt!

Ik pak het schetsboek en het past precies. Ik hoor voetstappen. Snel vouw ik het briefje op en prop het in mijn broekzak. Ik ben helemaal van slag. Mevrouw de Wit opent de deur en kijkt me met medelijden aan.

'De artsen zijn je vader aan het verzorgen, wil je wat drinken of eten?' vraagt ze.

Ik knik en veeg mijn warme tranen af aan mijn handpalm.

'Kom, dan gaan we even naar de kantine.'

Ik loop naar de deur die ze voor me openhoudt.

'Het komt goed hoor, dit is totaal normaal voor iemand zoals je vader,' zegt ze als ze de deur dicht doet.

Ik kijk door de gang, ik zie de arts lopen met lichtbruine haren. Ik hoor een lange piep, het is de hartslag van mijn vader. Ik voel mijn lichaam licht worden maar mijn benen worden zo zwaar als bakstenen. Mevrouw de Wit loopt al voor. Ik volg haar met het schetsboek nog in mijn hand. Het is lastig om mijn benen op te tillen. Het is stil in de kantine. Er zijn maar een paar andere mensen.

'Wat wil je?' vraagt ze met een zachte stem.

'Maakt mij niet uit, jij mag kiezen,' snik ik zacht.

'Hou je van tomatensoep?'

Ik knik.

'Ga maar vast ergens zitten' zegt ze.

Ik loop naar de tafel waar mama en ik vaak zitten. Ze komt terug met een kopje soep. Ik pak het aan en roer het door. Er gaat een telefoon. Mevrouw de Wit kijkt op het scherm.

'Ik moet deze even opnemen.'

'Is goed,' zeg ik zacht. Ze loopt weg. Een oude vrouw met een ronde bril kijkt me met medelijden aan. Mijn tranen beginnen weer te stromen.

Ik pak het briefje uit mijn broekzak. Op de achterkant staat een schets van mij. Ik geef papa een knuffel in het ziekenhuisbed. Ik ben weer helemaal in dat moment.

Mevrouw de Wit komt na een paar minuutjes weer terug. Ik stop snel het briefje in mijn broekzak. Ik sta op en loop naar haar toe. Ik wil zo snel mogelijk weten wat er is gebeurd.

Ze kijkt heel ernstig terwijl ze mijn handen vastpakt. 'Ach schat, het spijt me zo, maar je vader heeft een hartstilstand gekregen. Ze hebben geprobeerd om hem te reanimeren maar de reanimatie is mislukt.' Ze zegt nog meer, maar ik hoor er niks meer van. Alles wordt wazig. Mijn ledematen worden slap en alles wordt zwaar. Ik val op de grond.

Hoofdstuk 1

7 jaar later

Ik pak mijn fietssleutel uit mijn broekzak.

'Hey Emily, heb je zin om te chillen?' vraagt een meisje uit mijn klas.

'Nee sorry, ik heb geen tijd vandaag,' antwoord ik als ik op mijn krakende fiets stap. Hij valt nog net niet uit elkaar.

'Je hebt ook nooit tijd,' zucht ze.

Ik draai mijn hoofd om. 'Dat klopt inderdaad!' schreeuw ik. Ik voel mijn hart op gang komen. Ik draai mijn hoofd weer richting de weg. Dit gebeurt nu al bijna zeven jaar. Hoe weten ze nog steeds niet dat ik nooit tijd heb?

Helemaal in gedachten steek ik de weg over. Van alles raast door me heen. Ik schrik door een luide toeter. Een blauwe auto stopt met piepende banden rechts van me. Ik krijg rode wangen en fiets snel door.

Hoe zou mama erbij liggen? Zouden de gordijnen weer dicht zijn? Gedachten razen door mijn hoofd. Nog twee afslagen en dan zie ik het wel, bedenk ik me. Ik fiets snel naar links en de laatste afslag naar rechts.

Inderdaad, de gordijnen zijn dicht. Ik fiets de lege oprit op. We hebben de auto een paar jaar geleden verkocht, maar de spaarpot is al weer bijna leeg. Gelukkig heb ik nog wel een weekendbaantje bij een klein restaurantje om de hoek om mijzelf een beetje te redden. Ik doe de deur open. De scharnieren piepen. Het is weer een troep binnen. Ik pak de bezem voor de zoveelste keer vast en veeg de blikjes bij elkaar. Ik loop door de gang naar de kamer. Daar ligt mama weer op de bank. Ze kijkt op als ze me hoort.

'Pak wat bier uit de koelkast,' commandeert ze. Ik knik en loop naar de koelkast. Ik weet dat ik er vrij weinig over kan zeggen. Ik trek de koelkast open. Er ligt niks meer in behalve een plasje gelekt bier. Ik zucht, dit gaat weer ruzie worden. Ik sluit de koelkast en loop naar de kamer. 'Er is geen bier meer,' zeg ik. Ik hoop dat ze in een goede mood is en dat er dus geen ruzie komt.

'Dan haal je wat!' schreeuwt ze.

Ik loop iets naar achteren. 'Dat kan niet, ik ben nog geen achttien.' We hebben het hier al zo vaak over gehad, maar ze vergeet het telkens weer.

'Jij ook altijd met je smoesjes, vertrek maar naar de winkel! En doe je maar voor alsof je achttien bent.'

'Dat heb ik al zo vaak geprobeerd, dat weet je toch! Al mijn klasgenoten zien mij nu als alcohol verslaafde!'

'Hoepel toch op' ze staat vermoeid op en loopt naar me toe.

'Jij irritant kreng' zegt ze en ze geeft me een pats op mijn gezicht. Ik voel mijn spieren samentrekken en mijn keel dichtslaan maar ik hou me sterk.

'Haal bier, of je krijgt nog een klap!' schreeuwt ze recht in mijn gezicht.

Ik knik en stap naar achteren. De wereld draait om me heen en mijn maag rammelt van de honger. Ik loop naar het geldpotje van mijn moeder toe. Ik draai het open maar er zit niks meer in. Ook dat nog…

Ik loop naar mijn kamer en kijk onder mijn bed. Het potje ligt er niet meer. Ik voel mijn hart samentrekken en bal mijn vuisten. Mijn nagels drukken in mijn vel. 'Je hebt mijn geld gestolen!?' schreeuw ik hard terwijl mijn keel dichttrekt. Ze hoort me niet. Ik sta op en loop razend naar de kamer. 'Je hebt mijn geld gestolen!?' schreeuw ik recht in haar gezicht. 'Alleen voor die stomme blikjes alcohol?' brul ik voordat ze kan antwoorden. Ik schop een leeg blikje weg.

'Ik moet toch ook voor mezelf zorgen?' antwoordt ze met een dronken stem. Haar ogen zijn rood van de alcohol.

Ik bal mijn vuisten en knijp hard om mezelf tegen te houden. Ook al denk ik niet dat ik dat nog kan. 'Zorgen? En ik dan?'

'Wat ben je toch een verwend kind, je hebt al genoeg!'

Mijn hart begint zo hard te bonken dat ik haar nu wil slaan. Harder dan dat ze ooit bij mij heeft gedaan. 'Genoeg? We hebben niet eens eten in de koelkast en gezellig samen iets doen hebben we ook al een paar jaar niet meer gedaan.' Ik zucht geïrriteerd. 'Natuurlijk is dat genoeg,' schreeuw ik uit. Mijn spieren trekken samen. Ik trek mijn arm omhoog en zwaai mijn arm richting haar gezicht. Ik hoor een knak en ik voel iets hards. Het voelt alsof je een klein stokje breekt.

Ze slaat haar hand om haar neus en haar ogen beginnen nat te worden. Ze knijpt haar ogen dicht van pijn. Er stroomt een straaltje bloed onder haar hand vandaan. Ik stap naar achteren en voel mijn hart zwaar worden alsof er een gewicht op ligt.

Haar ademhaling gaat sneller en haar schouders en borst bewegen overdreven mee. Ze doet haar ogen weer open, ik zie boosheid, angst en pijn. Maar ook iets dat ik lang niet meer heb gezien… verdriet.

Ik kan haar niet zo zien dus ren ik naar de voordeur. Mijn ogen worden nat en mijn keel knijpt dicht. Ademen word lastiger. Ik ren onze straat uit. Mijn goedkope schoenen kloppen op de klinkers. Mijn ademhaling is onregelmatig en hard. Sommige mensen kijken me met medelijden aan. Ik snik hard. Ook al stromen de tranen over mijn wangen, diep van binnen voel ik iets van warmte. Blijheid en vrijheid.

Na een tijdje voel ik mijn hartslag niet meer in mijn hoofd slaan. Ik ben een paar straten verder. Ik kom tot stilstand en ga op een bankje zitten vlak bij een van de weinige speeltuinen van de stad. Het is stil, het enige dat ik hoor is mijn eigen ademhaling en mijn zachte hartslag op de achtergrond. Ik snuit mijn neus en veeg mijn tranen af. Wat ga ik nu doen? Ik ga niet meer terug. Dat gaat niet meer. Mijn hart wordt weer zwaarder door alle gedachten die door mijn hoofd heen schieten. Waar ga ik nu heen?

Hoofdstuk 2

Het is al een tijdje later. Ik ruik veel lekker eten dus waarschijnlijk is het rond vijf uur. Ik zit nog steeds op het bankje. De schommels in het speeltuintje piepen heen en weer door de wind. Mijn maag begint te rommelen. Ik moet wat eten, maar wat? Als reactie op mijn gedachten begint mijn maag nog harder te rommelen. Ik sta op en loop richting de winkels. Ik heb al vaker gestolen toen we in de schulden zaten. Ik ben een keer gesnapt en moest de hele winkel vegen. Het duurde lang omdat ik heel erg in mijn gedachten zat te denken over mama. Dat wil ik niet nog een keer.

Ik kom bij een winkel aan. Het is niet druk dus het wordt iets lastiger. Ik loop rustig naar binnen om er niet verdacht uit te zien. Voorbijgangers kijken mij af en toe aan maar niet veel. Zoals ik gewend ben. Mensen bemoeien zich nooit veel met mij, dat vind ik eigenlijk wel prima. Ik loop verder langs de schappen. Meestal ga ik voor een pak energiereepjes. Het is klein maar het vult wel. Ik loop naar de achterkant van de winkel, waar de sportspullen liggen. Ik buk naar het onderste schap naar de reepjes. Er zijn verschillende smaken, van bosbessen tot yoghurt chocolade smaak. Ik hou heel erg van chocola, maar niet van yoghurt, dus ik pak hem niet. Ik hou niet van kiezen dus ik neem de goedkoopste. Het is een pak met tien reepjes met honing-rozijnen smaak. Ik heb hem al vaker gehad. Ik wil hem uit het schap pakken maar dan hoor ik voetstappen dus ik wacht even. Ik doe alsof ik er nog een aan het zoeken ben. Als de voetstappen verdwenen zijn kijk ik achter me. Er is niemand te bekennen dus ik pak het kartonnen doosje op. Langzaam laat ik het pak in mijn broekzak glijden. Ik heb een oversized broek aan met aangepaste broekzakken. Ik heb een rits in de binnenkant van mijn broekzak gemaakt met daaronder een stoffen zak. Ik sluit de rits zodat je niet meer kan zien dat ik iets in mijn broekzak heb. Ik loop verder langs de schappen naar de balie. Ik pak een zak snoepjes mee als afleiding. Terwijl ik verder loop voel ik het pak met reepjes langs mijn been schaven. De zak is heel groot, dat is handig als ik iets groots mee moet nemen. Elke keer als ik iets ga stelen, voel ik een druk op mijn hart. Ik kom aan bij de kassa en leg de zak snoep op de kassa. De vrouw achter de kassa scant het product. Ze heeft grijze haren en is een beetje langzaam. Dat maakt niet heel erg uit want dan heb ik meer tijd om rustig te ademen. Wel zacht ademen anders hoort ze me.

'Dat wordt dan twee euro tien,' zegt ze met een krakende stem. Ik stop mijn handen in mijn broekzak. Ze zoeken naar geld ook al weet ik dat het er niet is. Ik trek ze weer uit mijn broekzak en laat ze langs mijn lichaam hangen.

'Ik ben mijn geld vergeten,' zeg ik terwijl mijn ogen doen alsof ik verdrietig ben. Ik gedraag me niet als een zeventienjarige, meer als een tienjarig meisje die op elk moment kan gaan huilen.

Ze kijkt me met medelijden aan. Haar wangen hangen een beetje naar beneden door de oudheid. 'Ach kind, neem het maar mee,' zegt ze.

Mijn adem stopt even, ik voel me heel schuldig. 'Weet u het zeker?' vraag ik. Mijn mondhoeken gaan iets meer omhoog, maar vanbinnen voel ik me niet beter.

Ze knikt met een scheve glimlach.

'Dankjewel,' zeg ik. Ik loop verder door de detectiepoortjes. De poortjes piepen. Ik blijf staan en draai mijn hoofd naar de oude vrouw toe.

'Ga maar door,' kraakt haar stem.

Ik loop de winkel uit en laat mijn tranen weer stromen. Ik haat dit, vooral als de mensen achter de kassa aardig doen. Ik verdien dat niet. En zij verdienen het al helemaal niet. Ik loop verder naar een bankje verderop. Ik ben er lang niet meer geweest, maar ik was hier vroeger heel vaak. Dan was ik met papa aan het vissen. Het bankje zit tussen de plantjes. Ik loop door de brandnetels en zonnebloemen. Het bankje is van hout met afgebladderde donkergroene verf. Ik ga zitten en trek de zak met snoep open. Er zitten verschillende dingen in. Ik pak een beertje uit de verpakking en stop het in mijn mond. Ik sabbel erop en geniet van de smaak. Ik pak mijn oude telefoon uit mijn zak en klik op het aan-en uitknopje. Hij gaat niet aan, dus ik hou hem lang ingedrukt. Ik wacht even, maar dat werkt ook niet. Ik zucht, hij is leeg. Ik laat hem weer in mijn broekzak glijden. Ik pak nog een snoepje uit de zak en bijt hem doormidden. De smaak verspreidt zich over mijn tong. Het is zoet met een lichte zure smaak erdoorheen. Ik denk na over goede dingen om niet aan mijn moeder te denken, maar alsnog komen mijn gedachten altijd bij haar uit. Ik kan het niet tegenhouden.

Ik pak mijn schetsboek uit mijn linker broekzak. Het schetsboek dat ik de laatste jaren heel vaak heb gebruikt. Als ik me niet fijn voel, teken ik erin. Ik laat dan mijn gedachten op het papier glijden. Het is iets dat ik nu heel erg nodig heb. Op school raak ik nooit mijn schetsboek aan. Ik ben bang dat mensen het uit mijn handen pakken en er doorheen bladeren alsof het niks is. Er staan dingen in die in mijn hoofd omgaan. Het is als een dagboek. Ik blader erdoorheen op zoek naar een lege bladzijde. Ik zie alle gedachten van de afgelopen jaren voorbij komen. Ik kom bij een lege bladzijde, het is vrij achterin. Ik heb dit schetsboek nu al bijna zes jaar. Het laat mijn brein altijd even rusten. Ik tekende niet veel, er staan veel halve tekeningen in, maar je kan wel veel verandering zien. Het is een heel dik schetsboek met misschien wel tweehonderd pagina's. Ik blader verder door het boek en tel de pagina's die ik nog heb. Twee, drie, vier… nog negen bladzijdes. Daar kan ik nog langer dan een maand mee, denk ik en ik blader weer terug naar de eerste lege bladzijde. Ik pak mijn potlood uit mijn broekzak en begin met schetsen van de tekening. Ik zet even mijn brein uit en laat mijn handen het werk doen. Mijn gum raak ik geen seconde aan.

Het is stil buiten, het enige dat ik hoor is mijn potlood die zachte krassende geluidjes op het papier maakt. Het maakt me rustig. Ik adem in en uit. Ik doe even mijn ogen dicht en snuif veel lucht door mijn neus. Het ruikt naar natte aarde en vers gras. Ik doe mijn ogen weer open en kijk naar mijn schetsboek, naar de schets die ik net heb gemaakt. Er zitten nog een paar foutjes in, hoe langer ik ernaar kijk zie ik er meer. Maar dat maakt het juist precies goed. Mijn ogen glijden langs de ketting die gekoppeld zit aan een slot. Aan de andere kant van de ketting zit een sleutel. Er mist nog iets, denk ik. Er moet meer drama in, iets waar mensen over moeten nadenken. Ik leg mijn potlood weer in mijn hand en laat hem op het papier zakken. Ik teken een schaduw met een mes die naar de sleutel gericht staat. Ik til het potlood weer op en kijk er nog een keer naar. Dit klopt, denk ik. Er zit nu meer drama in, meer gevoel, precies zoals mijn gedachten.

Er zijn nu twee keuzes. Gewoon mijn leven zo laten en weer terug naar huis of door het mes heen om mezelf te bevrijden. Ik kies voor het laatste, ik ga later wel zien waar ik beland.

Hoofdstuk 3

Ik kom aan bij het winkelgebied van de stad. De kou laat me rillen. Ik heb bijna een uur gedwaald. Ik kan de tijd niet zien, maar mijn gevoel klopt vaak. Ik glij met mijn hand in mijn broekzak en zoek met mijn vingers naar een snoepje. Iets glads glijdt langs mijn hand. Ik grijp het uit mijn zak en stop hem in mijn mond om eraan te sabbelen. Het glijdt van de ene naar de andere kant op mijn tong. Ik bijt erop en als reactie wordt de smaak zoeter. Ik loop vermoeid naar een bankje toe. Er zit een oude man op, ik schat iets van zestig jaar. Zijn blik is zacht, een blik die me warmte geeft in deze kou. Ik laat me op de andere kant van het bankje zakken. Mijn benen zijn slap. Het is fijn om te zitten. Ik voel de stalen balkjes koud door mijn broek heen. Ik draai mijn hoofd naar de man. Hij heeft een T-shirt en een korte versleten broek aan. Ik krijg kippenvel als ik naar hem kijk.

'Wil je een snoepje?' vraag ik. Hij is waarschijnlijk een zwerver.

Zijn mondhoeken gaan nog hoger staan dan dat ze al waren.

'Weet je het zeker? Ik zie dat jij het ook wel lekker vindt,' zegt hij zacht. Zijn stem is een beetje hoger dan verwacht.

Ik krul mijn mondhoeken. Het is een erg beleefde man, denk ik in mezelf. 'Ja, natuurlijk. Ik heb het niet echt nodig.' Mijn hand glijdt weer terug in mijn zak. Ik voel plastic kraken onder mijn vingers. Mijn vingers trekken samen om de zak te pakken. Ik trek hem omhoog en leg het tussen ons in.

Hij wacht even tot hij een snoepje eruit pakt.

'Ik ben Emily' zeg ik. Ik laat mijn hand over het bankje naar de zak schuiven.

'Ik ben Elias,' antwoordt de man. Hij smakt op het snoepje. Zijn tanden zijn geel, bijna bruin. Vaak krijg ik de kriebels bij smakgeluiden, maar deze keer stoor ik me er niet aan.

'Waarom ben jij hier nog zo laat?' vraagt hij. Hij kijkt naar links.

Ik volg zijn blik. Ik zie de kerkklok, de grote gouden wijzer staat net iets voor de twaalf. Het is bijna acht uur. Shit, wat moet ik nu zeggen? Ik ga voor de waarheid. "Waarheid duurt het langst," zei mijn vader altijd. 'Het ging niet zo goed thuis' zeg ik met een zucht. Ik voel weer een lichte druk op mijn hoofd. Ik wil nu niet huilen, niet recht voor iemand. Ik houd mij in.

Hij is even stil. 'Wat bedoel je?' vraagt hij na een paar seconden.

'Gewoon… wat probleempjes,' antwoord ik kortaf. Het is niet mijn bedoeling om boos te klinken, maar het gaat vanzelf. 'Maar dat is niet uw probleem,' voeg ik eraan toe. Ik had verwacht dat die zin beter klonk, maar dat hielp totaal niet.

Hij knikt zijn hoofd en verbreekt oogcontact.

Ik verander snel van onderwerp. 'Wil je nog een snoepje, of een reepje?'

Hij kijkt weer terug, terug naar mij, maar het voelt alsof hij dwars door mij heen kijkt

'Een reepje? Heb jij die?' vraagt hij. Ik grijp weer naar mijn broekzak terwijl ik knik. Ik haal er een reepje uit en strek mijn arm naar hem uit. Hij bedankt me en pakt het aan. Hij scheurt de plastic verpakking open en snoept er kleine stukjes af.

Ik pak er zelf ook een. De verpakking kraakt als ik hem open maak. Het is een rustgevend geluid, ook al is het maar voor een seconde. Ik breek een stukje af en doe mijn mond open. Ik schuif het naar binnen en ik proef meteen de zoete smaak van de honing en rozijnen.

Elias heeft zijn ogen dicht. Het geeft me weer een blij gevoel net zoals eerder. Het is altijd een fijn gevoel om iemand blij te maken.

Waar ga ik slapen, dat is een vraag die me nu al een paar minuten dwarszit. We hebben het reepje op en de snoepzak is alweer verdwenen in mijn broekzak.

'Waar slaap jij?' vraag ik uiteindelijk na minuten. Ik wil niet onbeleefd zijn.

'Hier, op het bankje,' antwoordt Elias.

Ik voel me schuldig, ik had het niet moeten vragen. Ik had beter kunnen wachten. 'Ik denk het ook,' zeg ik dan. Ik kijk alle kanten op, er zijn weinig mensen. Het is gelukkig niet helemaal midden tussen de winkels.

'Je mag ook thuis slapen, ik weet zeker dat het alweer goed is met jullie,' antwoordt hij. 'Het is nogal koud 's avonds.'

Ik zucht. Nee, ik ga niet naar huis, ik ga mijn eigen leven volgen. Thuis is geen keuze meer. 'Nee, ik blijf hier, ik weet het zeker,' zeg ik zelfverzekerd. Ik weet dat het koud gaat zijn maar dat overleef ik wel, mijn kamer is ook altijd koud.

Ik laat me zakken op een ander koud bankje. De stalen stangen drukken tegen mijn botten. Een koude windvlaag laat me rillen. Kippenvel verschijnt op mijn huid. Ik sluit mijn ogen en adem rustig. Ik ben moe door het huilen. Het was een lange dag. Ik voel me een beetje licht in mijn hoofd. Ik denk aan mijn moeder. Hoe zou ze er nu bij liggen? Langzaam verdwijnen die gedachten. Ik val in slaap op de harde bank.

Hoofdstuk 4

Ik word wakker door gelach, meisjesgelach. Langzaam doe ik mijn ogen open. Het is heel fel in mijn kamer, ik moet even wennen aan het licht. Het is ook heel koud. Waarschijnlijk ben ik vergeten mijn raam en gordijnen dicht te doen. Ik ga voorzichtig rechtop zitten. Ik kijk naar rechts en naar links en realiseer me dat ik helemaal niet in mijn kamer ben. Waar kwam dat gelach vandaan? Ik kijk overal naartoe, maar zie nergens iemand, behalve Elias. Mijn hele lichaam is koud. Het voelt alsof ik elk moment in stukjes kan vallen. Ik wil dekens hebben om mijn lichaam op te warmen. Ik kijk naar Elias. Hij doet zijn ogen langzaam open. Waarschijnlijk heeft hij ook het gegiechel gehoord. Ik moet hier zo snel mogelijk weg. Misschien bedenk ik me nog, misschien wil ik wel weer terug naar mijn moeder. Nu moet ik er niet aan denken. Ik wil het liefste nu gewoon mijn eigen pad volgen. Maar ik weet dat het misschien nog gaat veranderen. Ik ga haar missen. Ja, dat denk ik echt. Mijn moeder missen is een rare gedachten. Een gedachte die ik in jaren al niet meer heb gehad.

'Ik ga hier weg,' zeg ik tegen Elias.

Hij kijkt me aan alsof hij het al wist. 'Oké, snap ik,' antwoordt hij. Zijn antwoord laat me zuchten.

Ik ben voorspelbaar, ik weet het, denk ik. Ik ben nooit moedig en vraag daarom nooit dingen, maar deze keer doe ik het wel. Ik ga naar een plek waar ik nog nooit ben geweest. Op die plek heb ik nieuwe kansen, kansen om mijn leven te veranderen. 'Ik ga niet alleen,' zeg ik. Ik doe mijn kin een tikje omhoog.

'Oké, snap ik,' antwoordt hij weer.

Nu zucht ik nog harder. Het was een kattige zucht, en ik haat het. 'Ik weet dat ik je niet goed ken maar wil je mee…'

'Ja, natuurlijk.'

Mijn ogen worden groot van verbazing en mijn wenkbrauwen fronzen. Ugh ik haat dit… Ik vraag nooit zulke dingen dus ik weet nu ook niet hoe ik moet reageren. Ik voel irritatie in me opkomen. Niet omdat hij zo nietszeggend reageert, maar omdat ik dit soort dingen vraag zonder erbij na te denken.

'Oké, dankjewel,' zeg ik gewoontjes. 'Hoe?' denk ik hardop. En hoezo? Waarom wil hij met me mee? 'Liften of zwartreizen, of iets anders?' voeg ik toe.

‘Er is een station hier vlakbij, waar wil je heen?’

‘Ik ehm… waarom antwoord je eigenlijk zo rustig?’ vraag ik. Ligt het aan mij? Ik zou niet van mijn stad weggetrokken willen worden. Eigenlijk wel, maar hij woont… nee hij woont hier niet. Hij woont nergens. Of woont hij overal?

‘Ik wil andere plekken ontdekken,’ zegt hij terug.

Ik knik als antwoord. Ik kijk naar beneden. Schuldgevoel. Mijn lippen vormen een spleetje terwijl ik nadenk.

We komen aan bij het station. Er zijn honderden mensen. Ik ben nog nooit met de trein geweest. Ik weet ook niet of ik het leuk ga vinden. Ik hoor de harde geluiden van de treinen al. Dieren die vlakbij een spoor zitten zijn er vast niet blij mee.

Een groepje tieners kijkt me aan. Ze giechelen en fluisteren met elkaar.

Ik ril. Ik hou niet van roddels. Ik bezorg ze een boze blik, maar verder doe ik niks. Ik ben dit wel een beetje gewend.

We lopen langs een paar treinen. Ze zijn groter dan gedacht. Als ze rijden zien ze er een stuk kleiner uit.

Ik had nooit moeten voorstellen om zwart te reizen. Ik haat mijn idee, maar er is geen weg meer terug.

'Heb jij dit ooit al eens gedaan?' vraag ik aan Elias. Ik kijk naar links. Het valt me nu pas op hoe lang hij is. Ik ben best lang, maar hij is een stuk langer, net zoals mijn vader was.

'Een paar keer, ik kwam eigenlijk uit Zilverveen. Het was er altijd rustig en mensen waren aardig. Niet iedereen, dat is dan ook de reden dat ik weg ben gegaan.'

Het lijkt een beetje op mijn verhaal. Mensen zijn aardig hier, maar sommigen niet. Dat is alleen niet de reden dat ik weg ga. Zilverveen lijkt me een heel leuk dorpje ook al weet ik er nog niet veel van.

Ik kijk op een bord waar veel steden en dorpen op staan. Er staan ook tijden op. Sommige zijn lang, zoals een uur. Van hier tot Valkendam. Dat duurt superlang.

'Moet je soms een uur lang in een trein zitten?' vraag ik. Ik voel een windvlaag langs me heen. Een hard geluid dreunt door mijn oren. Het is een rode trein. Ik sla mijn handen over mijn oren.

'Nee, je moet overstappen. Dat doe je meestal rond de twintig minuten.'

'Ik ben nog nooit op een station geweest. Tenminste, niet dat ik me kan herinneren,' zeg ik.

'Waar wil je heen?' vraagt hij

Ik wijs naar het bord, er staat nu groot "Korenhout" op. De naam geeft me een warm gevoel. Het doet me denken aan graanvelden.

'Perron vijf,' zegt Elias. Ik kijk rond op zoek naar een bordje. Ik zie perron vier en zes aan de rechterkant van de hal. Aan de andere kant staat een bordje met perron vijf erop. Mijn vinger wijst naar het bordje.

'Daar is het,' zeg ik.

We lopen naar de linkerkant. Er is een roltrap naar boven en beneden. Ik zoek weer naar een bordje. Het wijst naar beneden. Mijn benen bewegen naar de roltrap, maar ze stoppen als ik op de roltrap sta. Ik hou van roltrappen. Ze herinneren mij aan vroeger, samen met mijn vader. We gingen altijd op de verkeerde roltrap staan. Dan moesten we hard rennen om bovenaan of onderaan te komen. Ik voel de adrenaline door me heen stromen om dat nog een keer te doen.

Elias is stil, al een tijdje.

'Gaat het?' vraag ik.

'Ja hoor, zeker. Ik was even in gedachten.' reageert hij.

Ik herken dat.

We komen aan bij de trein naar Korenhout. De deuren zijn al open, en veel mensen lopen naar binnen. Ik sta stil voor de trein, ik heb geen idee of er een conducteur staat die ieders kaartjes checkt. De kaartjes die wij niet hebben.

'Ga maar' zegt Elias.

Ik stap naar binnen en loop verder naar een zitplaats. De bankjes zijn bekleed met blauw en paarse stof. Ik ga zitten op een bankje in de hoek van de coupé. Elias gaat naast me zitten.

'Zin in de reis?' vraag ik.

'Sttt,' fluistert hij.

'Wat?' vraag ik.

Hij wijst naar een bordje boven een deur. Er staat stiltecoupé op. Oh… dit wordt een rustige reis.

Ik zit met mijn armbandje te friemelen. De stilte is niet erg. Ik kijk op de klok. Nog een paar minuten en dan moeten we overstappen. De tijd gaat langzaam. De draadjes van mijn armbandje zijn warm geworden door het gefriemel. Ik kijk weer op de klok. Nog een minuutje.

Sommige mensen staan al op. Elias staat ook op. Ik doe hetzelfde. Ik grijp met mijn hand naar een beugel aan het plafond. Het is lastig om mezelf overeind te houden. De trein stopt en ik val bijna op de schoot van een vrouw.

De deuren gaan open. Het is druk. De deuropening zit vol met mensen dus het is lastig om er doorheen te komen. We kunnen eindelijk naar buiten als de meeste mensen weg zijn. Nu kan ik eindelijk vragen wat ik de hele tijd al wou.

'Waarom is zwartreizen zo makkelijk?' vraag ik.

'Het is niet makkelijk maar we hadden gewoon geluk. Op sommige tijden is er een team die kaartjes controleert voordat je de trein in stapt,' antwoordt hij. 'En soms zijn er conducteurs in de trein als het druk is.'

Ik vind het nu ook best druk, maar blijkbaar is het nu rustiger dan gewoonlijk.

'Waar zijn we nu?' vraag ik

'Moerwijkerveen.' Hij wijst naar een bord boven ons. Weer een naam waar ik nog nooit van heb gehoord.

'We moeten nu naar perron twee,' zegt Elias. We volgen de bordjes weer. Andere bordjes geven aan dat de trein naar Korenhout over twee minuten vertrekt. Ik zie perron twee al, dus we zijn op tijd. We lopen naar binnen via de eerste deur. Het is geen stiltecoupé. Er is nog een plekje vrij in het midden van de ruimte. We gaan zitten.

'Emily! Kom, we moeten naar buiten,' zegt Elias.

'Waarom?' vraag ik.

Hij is al opgestaan. 'Er is controle.'

Mijn hartslag gaan omhoog. Ik ren naar de deur. Het beweegt en gaat langzaam dicht. Snel glip ik naar buiten, net op tijd. Ik kijk naar achteren.

Elias is binnen. Hij kijkt uit het raam van de deur. Ik zie angst in zijn ogen. Er zijn mensen om hem heen met een uniform. Hij zwaait nog een laatste keer met een nepglimlach als de trein beweegt. Ik zwaai terug met tranen in mijn ogen. Had ik bij hem moeten blijven?

Ik voel me weer schuldig.

Hoofdstuk 5

Het is koud en leeg op het station. Ik zit al uren op een bankje vooruit te staren. Ik zie weer groepjes kinderen roddelen. Mensen houden ervan om te roddelen, maar deze keer voelt het anders. Ik weet niet waar ik ben. Ik weet dat dit dorp Moerwijkerveen heet, maar voor de rest weet ik niks. Ik wil verdwijnen van hier. Weg van alles, ik lach in mezelf. Ik dacht dat weggaan van huis mijn problemen zou oplossen maar dat is niet gelukt. Het is misschien wel erger geworden. Er komen een paar meiden naar mij toe, ze lijken veertien jaar maar ze kunnen ook twaalf zijn.

'Ben jij Emo-Ly?' vraagt een meisje met een muur van make-up op.

'Ehm… wie?' vraag ik. Mijn hart bonkt in mijn keel die dichtslaat door mijn binnenste tranen.

'Emo-Ly, heb jij het nog niet gezien?' antwoordt een ander meisje met een zeikerige stem. Ze smakt terwijl ze praat.

Ik krijg er rillingen van. Deze geluiden voelen anders aan dan die van Elias. Ik schud mijn hoofd.

Een meisje zit op haar telefoon te tikken. Ze draait het scherm naar mij toe. Ik zie mezelf op een bankje, het bankje waar ik vannacht op heb geslapen.

'D-dat ben ik,' stotter ik. 'Wie heeft dit geplaatst?'

Het meisje draait haar telefoon weer naar haar gezicht. Ze tikt op haar scherm.

'Een of andere Rosie,' zegt ze na het getik.

Ik voel irritatie in me opkomen. Natuurlijk, wie anders, denk ik. 'Dankjewel voor het zeggen,' zeg ik rustig, maar rustig is niet een woord dat nu bij mij past.

Ze lopen lachend met elkaar weg.

Ping! Ping! Ping!

Alle drie krijgen ze een melding.

'Haha, nog een paar filmpjes van Emo-Ly,' lachen ze.

Ik antwoord niet. Ik haat roddelende tieners. Ik ben zelf ook een tiener maar ik roddel niet. Ik wil niemand het gevoel geven wat ik nu voel.

'De filmpjes doen het goed! Misschien moeten wij er ook een paar maken!' roepen ze.

Ik zucht en sta op van het bankje. Ik verberg mijn gezicht met mijn handen zodat ze niet mijn stomme gezicht kunnen filmen. Dus zo voelen bekende mensen zich met paparazzi. Ik loop via de roltrap die stilstaat naar boven. Ik kijk naar achteren.

De meisjes zitten op hun telefoon te klikken, de camera wijst niet meer naar mij. Ze zien niet dat ik naar boven ga.

Ik struikel bijna over de traptreden. Ik grijp me vast aan de leuningen en trek mezelf omhoog. Als ik weer evenwicht krijg, loop ik verder naar boven. Ik kom boven aan. Er zijn een paar mensen, maar geen tieners. Ik loop naar een bankje toe en laat me erop zakken. Zucht… ik heb bijna een record gehaald, een hele dag overleven op bankjes. Grapjes vrolijken mij meestal op, maar nu helpt het niks. Ik hoor zachte muziek door de speakers van het station komen. '*When I'm away from you, I'm happier than ever*,' luidt de stem van Billie Eilish door de ruimte. Meestal geniet ik van haar muziek.

Er komt een vrouw naar me toe, ze ziet er vriendelijk uit.

'Hallo, mag ik hier zitten?' vraagt ze.

Ik kijk rond. Er zijn nog veel bankjes over. Misschien is ze eenzaam?

'Ja hoor, natuurlijk,' antwoord ik. Ik spuug een klein lachje uit. Mijn tanden zijn een klein beetje te zien.

Ze gaat zitten. Ze ademt zacht en zegt niks.

'Waarom bent u hier nog zo laat?' vraag ik om de stilte te verbreken.

'Ik maak een wandeling, en jij dan?' vraagt ze.

Ik vind het raar, waarom zou je een wandeling maken op een station.

'Wat probleempjes thuis,' antwoord ik nietszeggend.

'Probleempjes? Waar woon je dan?' zegt ze vragend.

Op de eerste vraag geef ik geen antwoord. 'Ik woonde in Jourstad, een eindje verderop.'

'Jourstad… dat is ver weg.' Ze fronst en laat haar vinger over haar kin glijden. Ze kijkt me diep in mijn ogen aan en kijkt dan weer weg. Het geeft me een beetje een naar gevoel, maar aan de andere kant, bijzonder genoeg, ook een beetje een fijn gevoel. Iemand die me diep aan durft te kijken.

'Ben jij niet dat meisje van die video?' vraagt ze.

Alweer die vraag… 'Ja… dat ben ik. Kijkt u sociale media?' zeg ik terug met een zucht.

'Nee, ik zag het bij andere kinderen.'

Natuurlijk.

‘Wil je bij mij logeren?’ vraagt ze.

Hoe graag ik ook ja wil zeggen, zeg ik toch nee. Ik ken haar helemaal niet.

‘Oké, dan niet, wil je wel een deken?’ vraagt ze als ik geen antwoord geef.

Ik schud. ‘Ik red het wel,’ zeg ik. Mijn maag knort.

‘Je hebt honger, hoor ik. Kom maar mee. Ik haal wat eten voor je.’ Dat kan geen kwaad doen dus ik volg haar naar een automaat. Ze staat op het punt om te pinnen maar dan realiseer ik me dat ik zelf nog eten heb.

‘Stop, ik heb zelf nog eten,’ zeg ik iets te hard.

‘Oh, oké is ook goed.’ We gaan weer op het bankje zitten. Een koude windvlaag laat me rillen.

De mevrouw ziet het.

‘Weet je zeker dat je niet mee wilt?’ vraagt ze nog een keer.

Ik antwoord niet. Ik vind het onbeleefd om van gedachten te veranderen.

‘Ga gewoon mee,’ zegt ze. Ze kijkt me weer in mijn ogen aan. Ik weet wat ze ziet in mijn ogen.

‘Ik… oké,’ stamel ik.

We lopen weg van het station. Het is superdonker buiten. Gelukkig zijn er lantaarnpalen. Ze zijn ouderwets en hebben allemaal leuke vormpjes.

'Mijn familie is groot. Het is eigenlijk ook niet een echte familie,' zegt ze na een lange stilte.

Het station ligt ver achter ons. Net zoals Elias.

'Is niet erg,' zeg ik. Waarschijnlijk zijn het gewoon wat vrienden die als familie voelen.

We lopen een bos in. Ik zie nergens lampen, de huizen zijn dus ver weg. De vrouw pakt een ouderwetse zaklamp uit haar zak. Het is een kleine knijpkat. Ze knijpt in de hendel, het maakt een snorrend geluid. Net zoals een kat. Ze moet vaak knijpen om hem fel te laten schijnen.

Na een lange tijd komen we aan bij een groot open gebied. Er is licht en er zijn veel mensen.

'Is dit een ander dorp?' vraag ik.

'Nee, dit is mijn familie,' zegt ze schuddend.

Grote familie… misschien kan ik er ook wel bij horen. Ik dacht dat ik iedereen had gezien maar als we verder lopen zie ik nog meer mensen. Nog veel meer. Misschien zijn het wel allemaal mensen zoals ik. Ik voel me hier op mijn gemak. Ik zou hier nog wel langer willen blijven als dat kan.

Hoofdstuk 6

Er komt een man naar ons toe lopen. Hij heeft een hanger met een mooie steen om zijn nek hangen. Zijn kleding is zwart waardoor de blauwe steen erg opvalt.

'Welkom bij onze familie, ik zie dat u wat eten nodig hebt,' zegt hij.

Ik knik en bedank hem.

'Kom maar mee.' Ik loop achter hem aan. Er zijn tientallen ronde hutten. Als ik naar alle mensen kijk voel ik me op mijn gemak. Ook al zijn het er veel, ik zie dat ze allemaal wel iets op mij lijken.

'Hoeveel mensen zitten in jullie familie?' vraag ik.

Hij denkt. 'Waarschijnlijk ongeveer tweehonderd, misschien meer.

Mijn ogen worden groot. Dat zijn er veel. 'Hoe zijn ze hier beland?' vraag ik.

'Veel verschillende redenen, vaak door problemen,' zegt hij eerlijk.

Problemen… zoals ik.

'Je hebt interesse zie ik. Je mag hier wel blijven,' zegt hij. Mijn mondhoeken gaan omhoog. Blijven is altijd beter dan terug naar mijn moeder. Ik knik.

Hij houdt een deur van een van de hutjes open. Ik zie een gedekte tafel staan. Dat hebben ze snel gedaan, denk ik.

Hij wijst met zijn vinger naar een stoel.

Ik ga zitten op de stoel. Er zitten nog meer mensen rond de tafel. Ik tel er nog vier, en ze kijken allemaal naar mij.

'Dankjewel voor het eten,' fluistert een meisje dat naast mij zit tegen mij.

'Dankjewel?' fluister ik verward. Waarom bedankt ze mij? Ben ik zo belangrijk? Nee, ik ben niet belangrijk, misschien is ze gewoon blij om nog een andere vriendin te krijgen in deze familie. Ik ben gewoon een beetje zenuwachtig denk ik. Natuurlijk ben ik zenuwachtig, een nieuw leven staat op mij te wachten!

'Ik leg het zo wel uit,' antwoordt ze. Het is al donker buiten, maar veel mensen zijn nog buiten.

Er loopt een vrouw met een hanger naar binnen waar een lila-paarse steen aan hangt. Ze heeft een grote schaal met eten vast. De tafel kraakt als ze de schaal erop zet.

Het ruikt lekker. De warmte van het vlees kruipt meteen naar me toe.

Een jongen met sproetjes strekt zijn hand uit naar het eten en pakt een stuk vlees.

Ik volg zijn voorbeeld. 'Dank u wel,' zeg ik. Ik krijg geen antwoord. Misschien hoorde ze me niet. De smaak van het vlees komt me niet bekend voor, misschien is het schapenvlees, dat heb ik nog nooit gehad.

Het meisje naast mij kijkt me aan terwijl ze zit te knagen op een stuk sla. Ze heeft geen vlees op haar bord.

'Wil je geen vlees?' vraag ik.

Ze schudt haar hoofd. Haar ogen zijn prachtig blauw. Haar haar is dezelfde kleur als haar ogen. Ik merk dat ik te lang naar haar zit te staren dus kijk ik weer naar mijn bord. Ik pak nog een stuk vlees. Dit vlees is iets harder gebakken maar proeft hetzelfde. Het is een beetje zoet. Ik geniet ervan, ik heb lang geen vlees meer gehad.

Als de borden zijn opgeruimd vertrekken de mensen met de mooie stenen kettingen. Nu blijf ik met de anderen achter. We zijn met ons vijven.

'We zijn compleet,' zegt de jongen met sproetjes. 'We horen er nu echt bij!' voegt hij toe.

'Wie ben jij eigenlijk?' vraagt een meisje met een bril en een blonde paardenstaart.

'Emily,' antwoord ik stil maar sterk.

'Ik ben Hannah,' zegt het meisje met het blauwe haar. 'Dat is Milan,' ze wijst naar een jongen met rood haar. Zijn groene ogen passen perfect bij zijn haar.

'Mick,' zegt de jongen met sproetjes luid.

Als het meisje met de bril niks zegt, vraag ik hoe ze heet.

'Emma,' antwoordt ze.

Ik knik.

'Oké, jij moet nog even een paar dingen leren,' zegt Hannah. 'Wij zijn een familie, met ons vieren konden we niks doen. We zijn dus heel blij dat jij er bent. En oh… je moet je armbandje af doen.' Ze wijst naar mijn regenboog armbandje.

'Waarom?' vraag ik.

'We staan hier geen regenboog toe…' antwoordt ze.

'Wie heeft dat gezegd?' vraagt Emma.

'Waarschijnlijk Hannah zelf,' zegt Mick. 'Met haar homofobie!' schreeuwt hij lachend.

'Oké,' zeg ik. Mijn ogen kijken niemand aan. Ik doe het armbandje af.

Ze leek me aardig… maar ik moet nooit mijn gevoel vertrouwen.

'Je hoeft hem echt niet af te doen hoor,' zegt Emma. Ze legt een hand op mijn schouder.

Ik zucht. 'Goede eerste indruk,' flap ik eruit. Dat was sarcastisch natuurlijk. Het wordt stil tot dat Hannah de stilte onderbreekt.

'Ehm… misschien is het ook goed om te weten dat je hier niet meer wegkomt,' zegt ze.

Mick geeft haar een duw met zijn elleboog. Niet meer weg? Is vast een grapje.

'Hoe laat is het?' vraag ik om naar een ander onderwerp te gaan. Ik zie vanzelf wel hoe het hier loopt.

'Geen idee,' antwoord Milan zacht. Hij kijkt niemand aan. Zijn vingers tikken tegen zijn been. 'Het is hier best ouderwets.'

Ik haal mijn telefoon uit mijn broekzak.

'Geef hier!' roept Mick. Ik schrik, en laat mijn telefoon weer terugglijden in mijn broekzak.

'Nee, waarom?' vraag ik fel.

Ze zuchten allemaal.

'Telefoons zijn hier verboden,' antwoordt Emma zacht.

De deur van de hut wordt snel opengeslagen. De man met de blauwe steen staat in de deuropening en kijkt mij boos aan.

'Lopen jullie maar mee,' zegt hij rustiger dan dat het eruitziet.

'Lekker bezig,' fluistert Mick als hij naast me komt lopen.

De man wijst naar een steen. 'Leg je telefoon daar maar neer,' zegt hij.

'Waarom? Hij is leeg, ik kan er toch niks mee,' antwoord ik.

'Doe gewoon,' antwoordt Mick.

Ik loop naar de steen toe en graai in mijn broekzak opzoek naar mijn telefoon. Ik grijp het vast en leg het op de steen.

De man geeft me een stevige tak.

Ik pak het aan en kijk ernaar. Waarom een tak?

'Sla het kapot. Sla erop alsof het iemand is waar je boos op bent.'

Ik twijfel maar sla de tak hard op de telefoon. Het scherm barst. Met alle woede sla ik er weer op. Ik denk aan mezelf, maar ik weet dat dit niet over mij gaat, ik heb niks gedaan. Ik sla er nog harder op tot er overal glasscherven over de steen liggen. Ik stop.

Inmiddels zijn er veel mensen om ons heen gaan staan. Ze klappen alsof ik het laatste doelpunt heb gemaakt.

'Goed gedaan!' zegt de man als iedereen klaar is met klappen. Ik moet niet blij zijn, maar ik ben het wel. Ik heb mensen blij gemaakt met mijn daad. Ik snap niet waarom ze blij zijn, maar ze zijn het. Ik kijk naar achteren naar Hannah.

Door de zachte lichten zie ik Hannahs ogen glimmen. Ze kijkt niet blij.

Mijn lach verdwijnt van mijn gezicht. Wat zou er zijn?

De man geeft mij en de rest een ketting met een steen. Niet zo'n mooie glimmende, maar een gewone kiezel.

Ik bedank hem, maar ben niet zo blij meer. Ik weet dat Hannah niet zo aardig tegen me was, maar het maakt me verdrietig om haar zo te zien. Ik doe de ketting om mijn nek. Hoor ik er nu bij? Moet ik wel blij zijn om erbij te horen? Of is dit allemaal foute boel?

Hoofdstuk 7

Ik plof op de matras in een klein hutje. We zitten met ons vijven in het hutje. De zes matrassen bedekken bijna twee-derde van de vloer. Ik zit helemaal achterin naast Hannah.

'Hou je niet van vlees?' vraag ik. Ze maakt een zuchtend geluidje. Het klonk niet geïrriteerd.

'Niet dit vlees. Er zit een verhaal achter,' zegt ze zacht. Ze schuift iets dichterbij en buigt naar mijn oor. Ik voel haar adem tegen mijn huid. Ik ril, maar niet door de koude wind.

'Mensenvlees… het is mensenvlees dat je net hebt gegeten,' ademt ze in mijn oor. Ik ril, maar deze keer niet door haar adem. Ik voel een erge druk in mijn hoofd. Het eten komt weer omhoog. Ik wil iets zeggen maar het lukt niet. De woorden blijven in mijn lichaam opgesloten. Het enige dat uit mijn mond komt is een piepje. De rest van de groep zit inmiddels ook op mijn matras.

'I-ik wou het eerder zeggen maar dat kon niet,' stamelt Hannah. Ze praat iets harder dan net, maar nog niet heel hard.

'M-maar waarom?' komt eindelijk uit mij. Ik draai mijn hoofd naar Hannah. Ze zit weer rechtop. Ze haalt haar schouders op.

'Mensenvlees is best normaal,' zegt Milan.

Plotseling ben ik moe. Ligt het aan de lange dag? 'Ik ben misselijk,' fluister ik. Ik voel spuug omhoog komen, maar slik het weer door.

We kleden ons om in het hutje. Het is een beetje beschamend want iedereen kan kijken. Ik heb een pyjama gekregen van iemand die hier ook woont. Als de donkere lichten uit gaan, val ik bijna meteen in slaap.

Ik droom over Hannah. Ik laat mijn handen door haar haar glijden. Haar haar is glad waardoor mijn vingers er makkelijk doorheen glijden. Haar donkerblauwe haar wordt in het zonlicht groen.

Als ik wakker word zie ik dat ze allemaal al uit bed zijn. Emma en Mick zitten op kleine stoelen bij een oud tafeltje. Hannah en Milan zitten op een matras met een houten bord op hun schoot. Ik ga rechtop zitten en strijk met mijn handen mijn haren glad.

Ik krijg ook een bord en roer mijn vork in de maïspap. Ik ben bang dat hier ook iets ongezonds in zit. Na een tijdje roeren probeer ik toch maar een hapje. De lichtzoete smaak glijdt door mijn mond. Met moeite slik ik het door. Het is niet lekker, maar het is beter dan mensenvlees. Iedereen heeft het al op maar ik zit nog met moeite alles hapje voor hapje naar binnen te werken. Eerst wachten ze op mij, maar dan bedenken ze zich en gaan ze toch weg. Ik zit hier nu alleen op een matras met een halfvol bordje maïspap. Het liefst wil ik het weggooien maar ik doe het niet. Ik moet nu iets binnen krijgen.

Ik lig een tijdje op mijn matras totdat Hannah binnen komt.

'Je moet naar buiten, was ik vergeten te zeggen,' zegt ze.

Ik zucht en sta met moeite op. Ik ben moe.

Ze zucht. 'We hebben altijd wel iets te doen.'

Ik loop achter Hannah aan naar buiten. Mijn ogen worden groot als ik zie hoeveel mensen er zijn. Het zijn er misschien wel driehonderd. Gisteren leek het veel minder. Iedereen heeft een ketting om.

'Waarom hebben wij een gewone kiezelsteen en niet zo'n mooie glimmende?' vraag ik aan Hannah. Ik draai mijn hoofd stiekem iets naar rechts om naar haar te kijken.

'Wanneer we die gaan krijgen, is nog een raadsel. Het ligt eraan hoe goed wij de regels volgen.'

Ik knik en draai mijn hoofd weer naar voren. De hutten zijn mooier dan ik dacht. Sommige zijn van licht hout en andere weer van grof oud hout. Onze is klein en van oud donker hout. De mensen staan in een hele grote groep op het middenveld.

'Hoe laat is het?' vraag ik als we bijna bij de mensen aankomen.

'Bijna acht uur,' antwoordt ze.

'Acht uur? Dat is vroeg,' schreeuw ik bijna.

Ze knikt. 'Daar moet je dan maar aan wennen.'

Meestal sta ik op weekdagen rond half acht op, maar acht uur voelt nu vroeger.

Ik sta tussen de mensen. Het is heel druk. Wij moeten helemaal achteraan staan volgens Hannah. Daar staat de rest van de groep.

'Doe wat ze zeggen. Beloof je dat?' zegt Hannah.

Ik wil nog wat meer dingen vragen, maar ze legt haar vinger tegen haar lippen als stilteteken.

Ik heb nog nooit zo'n grote groep mensen gezien, maar ze zijn zo stil als de wolken. Ik hou van stilte, ik kan dan de beste ideeën bedenken. Ooit heb ik een keer een heel groot vel papier gevuld met allemaal getekende gedachten. Als het stil is, is mijn brein nooit stil. Ik schrik uit mijn gedachten door een hard geluid. Een soort van fluitje van een wedstrijd, maar dan iets lager. Iedereen die nog iets zei is meteen stil. Ik hoor geen adem uit iemand komen. Het veld met mensen beweegt nauwelijks.

'Jij! Recht staan!' hoor ik van voren. Iemand in het midden trekt haar kin omhoog.

'Vandaag zijn er driehonderdvierentwintig mensen!' zegt dezelfde stem weer. Het is laag en duidelijk.

'Dus, hoeveel mensen zijn er bijgekomen?' roept hij. Na een seconde hoor ik antwoord van voren.

'Vier,' zegt een trillende mannenstem.

'Rug!' roept de man weer. Mensen rond mij reageren meteen en gaan op hun rug liggen. Als ik niet snel genoeg reageer trekt Hannah mij omlaag. Ik val op mijn arm, het doet pijn. Als ik de blik van Hannah zie ga ik meteen recht liggen. Het is krap tussen iedereen. Ik heb geen idee wat er nu gaat gebeuren.

Ik lig hier nu al lang. Het voelt als uren. Ik hoor de man steeds dingen roepen. Dingen die mij nieuwsgierig maken. Ik wil weten wat er gebeurt, maar ik beweeg niet. Hij herhaalt twee woorden. "Weg" of "Blijf". Waarheen? En wie? Ik denk dat hij iedereen afgaat. Ik snap er niks meer van.

'Jij! Wacht hier,' roept hij nu. Dat heb ik nog niet gehoord, denk ik. Ik sta op het punt om te kijken wat er gebeurt, maar bedenk me als ik zie dat er iemand mij aan zit te kijken. Het is een vrouw die naast me ligt. Ze kijkt mij aan zonder veel emotie, maar ik zie donkere wolken in haar ogen, die op elk moment kunnen gaan uitbarsten. Mijn hart voelt alsof het de aarde inzakt. Ik draai mijn hoofd weer naar de lucht. Mijn hart bonkt in mijn hoofd. Rustig adem ik in, de frisse buitenlucht glipt mijn neus binnen. Het maakt me iets rustiger. Mijn leven is erger aan het worden, nog erger dan een jaar geleden. Het jaar dat mijn moeder niks meer anders kon dan drinken. Ze zat elke dag lang uitgezakt op de stoel en kwam er niet meer vanaf, behalve om soms naar de wc te gaan. Die dagen zat ik alleen maar in mijn kamer te tekenen. Het ontspande me. Kon ik nu maar tekenen.

Ik friemel met mijn vingers door het natte gras heen. Het kriebelt een beetje in mijn haar. Na een tijdje staat de man die iedereen langs gaat naast me. Hij bestudeert de bange vrouw met zijn ogen.

'Weg!' roept hij.

'N-nee, alsjeblieft niet,' stamelt ze. De man geeft haar een boze blik. De vrouw staat huilend op een wankelt naar een groot rieten gebouw. Ik volg met mijn ogen de vrouw maar merk dat de man nu met zijn ogen over mijn lichaam glijdt. Ik krijg er de kriebels van. Hij wijst naar mijn strakke ketting om mijn nek en hij schudt zijn hoofd.

'Wacht hier!' roept hij. Ik stop even met ademen. Waarom? Waarom wilt hij me hier laten? Bijna iedereen is al weg, waarom moet ik hier dan blijven? Ik blijf liggen, ook al wil ik het liefste wegrennen. Het gaat niet, ik moet hier blijven.

Hoofdstuk 8

Ik sta in een rijtje met vier andere mensen. Een meisje schijft zenuwachtig met haar iets te grote schoenen over het gras. De man die ons checkte of zoiets ijsbeert langs ons heen en bekijkt ons nog een keer. Als hij klaar is gaat hij voor ons staan. Ik heb niet zo'n heel fijn gevoel bij hem. Hij heeft lichtbruine tattoos die zijn huid bedekken. De blik die op zijn gezicht staat, bezorgt me de rillingen, maar ik weet niet wat die blik betekent.

'Hallo allemaal,' hij stopt even en laat één mondhoek omhoog glijden. 'Wat leuk dat jullie er allemaal zijn.' Hij kijkt me recht aan.

Rillingen lopen over mijn ruggengraat.

'Zoals jullie misschien al hebben gehoord.' Hij houdt meer lange pauzes tussen zijn zinnen, iets dat mij erg irriteert. "Praat gewoon door" wil ik het liefst schreeuwen.

'Jullie moeten elke ochtend om acht uur hier zijn.'

Hij stopt weer.

'Negen uur krijgen jullie taken,' zegt hij traag.

...

‘Om zes uur krijgen jullie misschien eten.’

…

‘Om acht uur danken wij.’

…

‘Zijn er nog vragen?’

Ik steek mijn hand op. Ik heb genoeg vragen. Misschien eten? Danken? Wat bedoelt hij allemaal?

Hij kijkt me een paar seconden recht in mijn ogen aan. Dezelfde uitdrukking als net. Ik vertrouw het niet, maar ik kan niet plaatsen wat die blik betekent.

Hij draait zijn hoofd weer weg. ‘Zo te zien heeft niemand vragen.’

…

‘Als er toch nog vragen zijn,’

…

‘Vraag het dan maar aan je groep,’ zegt hij trager dan net. Hij skipt me gewoon. Ik weet zeker dat hij mij gewoon heeft gezien! Ik vraag het wel aan Hannah. Of de anderen. Ik betrap me om weer aan Hannah te denken. Ik weet niet wat er is met mij, maar ze komt steeds weer in mijn hoofd op. Iedereen blijft staan behalve de man. Hij loopt weg zonder iets te zeggen. Ik kijk hem met gefronste wenkbrauwen aan. Hij verdwijnt in een hutje.

Een hut met een deur, een grote hut om precies te zijn. Ik blijf hier maar staan net zoals de rest. Niemand weet waar ze nu heen moeten lopen, of niemand durft ergens heen te lopen. Daar hoor ik niet bij hoor, ik durf het wel. Maar alsnog zet ik geen stap. Ik voel ogen in mijn nek branden. Langzaam draai ik me om en zie ik dat er een groepje mensen staat die steeds groter wordt. Ik zoek naar een klok om te kijken of het bijna negen uur is maar zie er nergens een. Als ik me omdraai om vervolgens een stap te zetten draait de rest van de mensen in het rijtje zich ook om. Ze zijn echt bang. Ik loop richting de grote groep en ga er tussen staan. Het is denk ik bijna negen uur. Wat voor taak zouden we krijgen? Ik wacht hier totdat de rest van mijn groep er is.

Ik hoef niet lang te wachten, want na een paar seconden komen ze al zuchtend aangelopen. Mick komt als laatste aangestrompeld. Hij kijkt naar beneden met zijn ogen, het ziet er heel zielig uit. Ik wil een arm om hem heenslaan om hem te troosten, maar doe het niet. Hij kent mij nog niet goed, misschien vindt hij het wel helemaal niet fijn. Emma gaat naast me staan. Ik ken haar ook nog niet goed, maar ze lijkt me aardig. Misschien worden we wel hele goede vrienden. Ik wil haar van alles vragen, maar dan wordt er weer op het irritante fluitje geblazen.

Ik sta op mijn tenen en kijk naar de man. Hij knikt met zijn hoofd iets naar links. Een groepje mensen komt in beweging en loopt weg. Ze komen tot stilstand bij een plek met stoelen en gaan zitten. Er zijn dus geen erge taken. Maar als hij doorgaat naar andere mensen, raak ik mijn idee van de rust kwijt.

'Ga het gras harken, vanavond moet het hele veld geharkt zijn!' roept hij. 'Ga alle bladeren in een cirkel rond het veld leggen.'

Wat heeft dat nou weer voor nut? De taken worden steeds zwaarder. Van de blaadjes opruimen tot alle rotte plekken gras eruit plukken. Hij komt steeds dichterbij. Wat voor vermoeiende opdracht zouden wij krijgen? Ik weet niet waarom het hier in het begin zo leuk leek. Het is niet leuk. Ik haat het hier, nu al. Oké, adem in… adem uit. Alles komt goed. Ik kan altijd gewoon vertrekken. Morgen kan ook al. Ik zeg gewoon doei en dan verlaat ik iedereen weer. En Hannah gaat met mij mee, dat regel ik weg gewoon. Maar waarom is iedereen hier dan nog? Of kán niemand weg? Ik begin steeds meer te geloven dat er geen weg terug is. Ik krimp langzaam ineen. Of beter gezegd, mijn hart krimpt langzaam samen. Haal adem! Adem in… adem uit. Ik doe mijn ogen dicht en ontspan even. Het wordt weer rustig in mijn hoofd. Maar niet voor lang, want als ik mijn ogen open doe, staat de man recht voor ons.

'Weer een nieuweling… jullie gaan alle takjes van het veld afhalen.' Hij kijkt mij weer recht aan maar gaat weer verder.

Ik zie dat mijn groep al aan het lopen is. Ik maak een klein sprintje en ga naast Milan lopen.

'Waarom al die niet nuttige klusjes?' We hebben er niks aan.

'Dit is nog niks,' zegt hij kortaf.

Ik zucht. 'Wat is er nog meer dan?'

'We hebben een keer de hele dag moeten vissen.'

'Dat is toch niet zo heel erg?' vraag ik. Ik viste vroeger ook met papa. Het was altijd heel gezellig.

'Met de hand,' antwoordt hij.

'Met de hand?!' herhaal ik. 'Hoe?'

'Gewoon vissen vangen… maar daarna komt het ergste, je moest ze zelf ontleden. Alle graatjes eruit trekken. En als je aan het einde van de dag niet genoeg vis had, dan moest je een dag eten overslaan,' zegt hij zacht.

Iew… een vis ontleden… Het lijkt me wel interessant maar ook vies.

'Waarom moeten jullie wachten met eten? Jullie hebben het dan toch wel verdiend?'

'Nope, was het maar zo,' zegt hij met pijn in zijn stem. 'De stenen om ieders nek is de rangorde. De mooiste steen is het beste leven.'

'Ik denk dat ik het begrijp. Wij hebben geen mooie steen, dus wij hebben een slechter leven? Bedoel je dat?'

Milan knikt.

Na een paar seconden stilte stoppen we bij de overkant van het grote veld. Het klinkt niet alsof ik hier nog langer wil blijven. Die stomme opdrachten, de stomme regels. En dit is pas het begin. Ik voel verwarring in me opkomen. Adem in… adem uit. Ik vul mijn longen langzaam met lucht en laat het weer gaan.

'Mick, leg jij Emily even uit wat we moeten doen,' vraagt Hannah.

Waarom kan Hannah het niet gewoon uitleggen? Mick is zo stil, waarschijnlijk kan ik hem helemaal niet verstaan. Ik zucht.

'W-we moeten alle takjes van het veld afhalen.' Hij fluistert bijna. Hij staat een paar meter van me af dus ik kan het nauwelijks verstaan. Ik moet heel goed luisteren om het te horen.

'Waar moeten we het laten?' vraag ik. Ik praat best hard want ik denk dat hij mij niet kan verstaan van zo'n afstand.

Hij wijst naar de open plek in het midden.

'Oké, thanks,' zeg ik als ik naar een takje loop dat ik al een tijdje in het oog heb. Hoelang zou dit duren? Een uurtje? Ik hoop niet langer, ik wil ook nog gewoon wat gaan tekenen. Ik laat mijn handen in mijn grote zakken glijden. Ik verwacht mijn spullen te voelen, maar ik voel niks. Mijn hartslag gaat sneller kloppen tot het in mijn hoofd bonkt. Waar is mijn schetsboek?! Nee, nee dit kan niet! Ik graai als een malle in mijn zakken. Ik weet zeker dat het nog in mijn zak zat! IK WEET HET ZEKER! Mijn hoofd wordt licht. Mijn spieren worden slap. Alles wordt wazig. Ik heb mijn schetsboek nodig. Nee, het kan niet. Ik weet het zeker! Alles draait. Adem in… adem uit… adem…

Hoofdstuk 9

Ik voel iets in mijn zij kriebelen. Langzaam open ik mijn ogen om te kijken wat het is. Ik draai mijn hoofd naar mijn zij, het is een grassprietje. Waarom lig ik op het gras? Ben ik gevallen? Langzaam ga ik rechtop zitten. Nu herinner ik me weer het schetsboek. Het is weg. Jaren aan werk is weg. Ik zit op het grasveld waar ik net nog een takje heb opgeraapt. Ik zie Emma een eindje voor me bukken om een takje op te rapen. Ziet ze me niet? Als ze weer omhoogkomt kijkt ze me recht in mijn ogen aan. Haar bril glanst in het licht. Waarom komt ze niet naar me toe? Tranen zitten als vogels in een kooi in mijn ogen. Adem in… adem uit. Langzaam ga ik rechtop staan. Ik zie Milan, Mick en Hannah nergens. Ik kijk iets beter en zie dan dat Mick aan de andere kant van het veld staat. Ik denk dat het Mick is door zijn lengte, klein en dun. Ik zet een stap richting Emma. Haar hoofd draait naar mij, alsof ze al een tijdje via haar ooghoeken naar me kijkt. Haar ogen houden me tegen. Ze schudt nee met haar hoofd. Ik zet een stap naar achteren. Ik focus me weer op de takjes, alsof er niks is gebeurd.

Als we na een eeuwige tijd weer het fluitje horen laat ik een diepe zucht van dankbaarheid uit mijn mond ontsnappen. Ik loop samen met de rest naar het middenveld. Als het goed is hebben we alle takjes verplaatst naar het midden. Ik ben moe, mijn lijf voelt zo zwaar als beton in de grootte van een huis.

We zitten met ons allen in een megagrote kring. Ik kijk om me heen naar iedereen. Een overblijvend stokje prikt in mijn bovenbeen. Iedereen heeft zijn ogen dicht. Ik geloof dat mijn ogen ook dicht horen te zijn, dus ik sluit mijn ogen. De koude avondwind waait door mijn haren. Ik voel me weer licht in mijn hoofd, maar niet zoals net. Ik ben moe. Wat gaan we nu doen? Gaan we nu eindelijk slapen? Ik gaap en mijn ogen worden nat. Ik leun lichtjes naar rechts, maar als ik voel dat ik iets aanraak zit ik snel weer recht. Ik voel warmte van voren op mijn lichaam komen. Stiekem open ik mijn ogen een beetje. Ik kijk door mijn wimpers naar het vuur in het midden. Er staat iemand bij. Haar mond beweegt langzaam, maar ik kan haar niet verstaan. Na een paar seconden loopt ze weg richting een soort van grote container. Ze steekt haar hand diep in de container en haalt er een voorwerp uit. Ik vorm mijn ogen tot spleetjes, maar kan nog steeds niet zien wat het is. De vrouw draait zich om en loopt weer naar het vuur. Ik houd mijn adem in. Ze heeft een hand vast. Mijn hart gaat harder kloppen, zo hard dat ik het idee heb dat ik de stilte verstoor. Ik wil alle gevoelens kwijt, het is veel te veel voor nu. Ik wil huilen en ik wil wegrennen. De vrouw gooit de bloederige hand in het vuur en meteen komt er een sterke gore geur vanaf. Tranen drukken tegen mijn ogen aan. Ik kan dit niet, ik moet hier weg.

Ik sta in één seconde op en ren zo hard als ik kan naar de bosrand. Weg van hier. Ik hoor mensen mij roepen maar ik luister niet. Ik ren harder dan ik ooit heb gedaan in de sportlessen. Ik ren alsof mijn leven er vanaf hangt, want zo voelt het ook. Ik hoor de stemmen steeds dichterbij komen. Ik ben er bijna, ik kan nu niet opgeven. Ik zet een sprintje, bijna bots ik tegen een boom. Ik zie iemand achterin het bos. 'Papa!' roep ik. Ik ren nog sneller dan mijn gedachten. Ik ben er bijna! Mijn voet blijft haken achter een wortel en ik val met een bonk tegen een boom. Een uitstekend takje schraapt over mijn gezicht. Ik voel een stronkje in mijn zij steken. Alles prikt. Er glijdt iets nats over mijn wang. Mijn hand gaat naar mijn gezicht. Mijn hele gezicht zit onder bloed. Er zit een grote wond op mijn voorhoofd. Ik kijk naar de plek waar papa stond, maar er staat niemand meer. Er schieten felle vonken door mijn zicht. Ik probeer de pijn weg te schreeuwen, maar het lukt niet. De pijn wordt erger. Ik voel me voor de tweede keer duizelig. De wereld draait om me heen alsof ik niet meer besta. Door het draaien heen zie ik mensen naar me toe rennen. Ik kan niet zien wie en met hoeveel ze zijn. Ik voel me plotseling heel misselijk. Ik leun iets naar voren en laat het zure mengsel van water en mensenvlees uit mezelf ontsnappen. Ik kots over mijn benen en mijn broek wordt meteen nat. Ik ben moe, ik kan dit niet meer. Ik voel een hand om mijn enkel heenslaan. Ik beweeg alle kanten op maar de hand blijft me vasthouden. Nog een hand houdt me vast en trekt me over de grond. Ik schreeuw het uit. Mijn achterhoofd doet pijn en mijn rug schraapt over de harde bosgrond. Ik schop alle kanten op maar de handen blijven me stevig vasthouden. Er komen gaten in mijn kleding die steeds groter worden. De koude grond schuurt over mijn lichaam. Alles doet pijn, maar er is geen andere optie dan me mee te laten sleuren. "Het is hier leuk," zeiden ze. Dat is een grote leugen. Een leugen dat mensen pijn doet.

Van buiten maar ook van binnen. Ik zit opgesloten in een fucking leugen.

Hoofdstuk 10

Ik heb niet geslapen. Nadat ik weer in de kring zat, heb huilend een gebed uitgesproken en een lichaamsdeel in het vuur gegooid.

Het gebed luidde:

Ik zou voor altijd bij onze familie blijven
Ik herdenk de tragische doden
Ik gedenk de gestorvenen
Tot mijn eigen dood

Ik heb de hele nacht gehuild. Mijn hele lichaam prikt. Mijn wonden plakken tegen het dunne dekbed.

Nu ik uit bed ben doet het nog meer pijn dan 's nachts. De wonden trekken aan mijn lichaam. Ik klem mijn kaken op elkaar bij elke beweging of windvlaag. Ik moet vandaag gewoon weer een opdracht doen. Hoezo ben ik hier beland? Ik wil dit niet. Ik weet nu dat ik niet meer weg kan. Iedereen doet zo aardig tegen mij. Emma heeft al vaker gevraagd of ze iets kon doen, maar dat gaat niet. Ik mocht niet eens water over mijn wonden heen gieten. Nadat ik naar de kring ben gesleept moest ik gewoon weer doorgaan alsof er niks is gebeurd. Je zit in de problemen als je dit nog een keer probeert, fluisterde een man in mijn oor. Ik heb zo'n vermoeden wat de gevolgen zijn. Die hand… ik moet nu echt oppassen.

Ik heb als ontbijt een beetje water en een klein kapje van een broodje gehad. Mijn maag knort, ik moet iets binnen krijgen. Het is bijna acht uur volgens Hannah, dus we lopen naar het midden. De groep loopt te snel voor mij. Mijn spijkerbroek schaaft over mijn kniewond. Ik knijp mijn ogen samen van de pijn. Ik probeer de tranen binnen te houden. Ik bijt iets te hard op mijn tong, want er komt een beetje bloed vanaf. Ik slik het met moeite door. Als ik eindelijk aankom in het midden, zoek ik door de mensen heen naar mijn groepje. Ik sta op mijn tenen maar zie niemand. Ik voel een tikje op mijn rug en krimp ineen.

'Au,' peins ik. Ik draai me om. Milan staat recht voor me en wijst met zijn vinger naar de rest van de groep. Hij is zo stil dat ik een beetje bang voor hem ben geworden. Hij kijkt met zijn grote ogen recht door mijn schedel heen.

'Dankjewel,' fluister ik. Ik merk dat ik mijn nek gebogen heb, ik beweeg het een beetje naar achteren en voel een paar haren van mijn wond knappen. Het laat me denken aan groep drie. Ik rende over het stenen schoolplein, ik struikelde over mijn veter en viel met mijn hoofd op de stenen vloer. Al mijn haren zaten aan mijn huid geplakt. Ik krijg een zwaar gevoel in mijn hart door die gedachten. Ik hoor het fluitje en zak naar beneden om te gaan zitten, net zoals gisteren. Ik voel de pijn door mijn lichaam schieten, maar zeg tegen mezelf dat ik de pijn even moet vergeten. Het gaat lastig worden, maar ik denk dat het iets beter gaat als ik aan iets anders probeer te denken.

We moeten stenen verplaatsen van de ene naar de andere plek. Gisteren heb ik mensen het ook zien doen. We moeten ze nu naar de plek verplaatsen waar de groep van gisteren ze vandaan had gehaald. Ik snap niet waarom we dit doen. De stenen zijn zwaar en drukken in mijn handen. De wonden doen nog steeds heel erg pijn maar ik probeer er niet aan te denken. Het help een beetje. Het is de hele tijd stil. Ik kijk rond maar kan Hannah nergens vinden. De wind is koud maar zacht. Het is zwaarder dan gisteren. Ik heb moeite met de stenen vasthouden en laat ze onderweg af en toe op de grond zakken. Ik heb pas twee stenen verplaatst en ben nu al uitgeput. Hoe lang gaat dit nog duren?

Ik hoor een fluitje terwijl ik de zesde steen verplaats. Ik laat de steen zakken. Zijn we nu al klaar? Ik ben verrast, eindelijk even rust. Of is er iets anders? Ik loop naar het midden. Er staan te veel mensen om te zien wat er gaande is. Ik ga op mijn tenen staan en kijk tussen de mensen door. De man die vaak de leiding neemt staat in het midden. Naast hem staat nog iemand, maar ik kan niet zien wie het is. Ik leun iets naar links. Ik houd mijn adem in. De mooie bruin blauwe haren van het meisje schijnen in het zonlicht. Haar ogen vinden die van mij. Hannah?

Hoofdstuk 11

De man schreeuwt over het veld. 'Het is weer offertijd!' Iedereen juicht door de woorden. Mijn hartslag schreeuwt door mijn lichaam. Waarom is iedereen blij? Ik wil schreeuwen, maar krijg geen geluid uit mijn mond.

De man heeft Hannahs hand vast en houdt het omhoog. Haar andere arm hangt slap en trillend langs haar lichaam. Ik kan dit niet aanzien. Ik ren zonder na te denken naar voren door de mensenmassa. Armen slaan tegen mij aan. Ik bots tegen iedereen op. Als ik alle mensen voorbij ben, sta ik stil. Waarom doe ik dit? Vraag ik mezelf af. Ik ken Hannah helemaal niet zo goed. Maar mijn onderbuikgevoel laat me weer verder rennen. Ik sta nu vlak tegenover de man. Ik draai mijn hoofd naar achteren en zie dat alle ogen op mij gericht zijn. Ik staar trillend naar het publiek.

'En wie ben jij dan?' vraagt de man.

Ik draai mijn hoofd weer terug. 'I-ik…' stotter ik.

'Je hoeft niet bang te zijn hoor,' lacht de man.

Het publiek lacht met hem mee. Ik voel alle ogen in mijn rug prikken. Ik ga iets breder staan om zelfverzekerder over te komen. Mijn knieën knikken van angst. 'Ik wil me opofferen, voor haar,' zeg ik zacht.

'Wat zei je?' vraagt de man, zijn blik kijkt me vragend aan.

'Ik ga me opofferen,' herhaal ik iets harder. Mijn hart bonkt in mijn oren. Waar ben ik mee bezig? Vraag ik me af. Dit wordt het einde… Hannah staart me angstig aan. Mijn ogen vinden de hare. Zachtjes schudt ze haar hoofd. Ik slik een grote brok angst weg.

'Nou dan hebben we een tweede offer!' roept de man over het veld.

'N-nee,' stotter ik.

De man lacht met een grijns. 'Jawel, zo werkt het hier,' zegt hij. Hij strekt een hand naar mij uit. Als ik niet reageer grijpt hij mijn arm vast en trekt eraan.

Ik slik.

Hij glijdt met zijn hand over mijn wonden naar mijn hand. Hij grijpt mijn hand vast en houdt het omhoog. Met twee armen omhoog en een scheef lachje schreeuwt hij naar het publiek.

'Een regelovertreder en een vrijwilliger!' juicht hij het publiek toe.

Regelovertreder?

'Hoelang zit je hier ook alweer?' vraagt hij. Hij draait zijn hoofd naar mij.

'Eh… ik denk twee dagen,' antwoord ik.

'Oh, een nieuweling dus.'

De wind raast door mijn haren. Ze voelen zwaar. Had ik ze maar geknipt toen ik het wou, dan had ik geen last van mijn haren op dit moment. De dronken stem van mijn moeder dreunt weer door mijn hoofd. Ze schreeuwt tegen me dat ik blij moet zijn met mijn haren. Ik weet niet of ze het erg zou vinden.

'Jullie mogen kiezen,' roept de man over het veld. Na een lange stilte praat hij eindelijk door. 'Offeren aan de leider,'

Het veld juicht.

'Of gedwongen stilte,' voegt de man toe.

Het publiek schreeuwt net zo hard als net.

'Dan vraag ik het wel aan deze twee.' Hij kijkt eerst naar mij en dan naar Hannah. 'Wat willen jullie?'

Ik hoor Hannah fluisteren. 'Stilte,' zegt ze zachter dan de wind.

'Wat zei je?' vraagt de man. Hij leunt dichterbij Hannahs gezicht.

Ik ril.

'Stilte,' zegt ze iets harder.

De man trekt zijn hoofd weer weg van Hannah. 'Gedwongen stilte voor dit meisje hier, wat wil jij?' Hij kijkt mij aan.

Ik draai mijn hoofd weg en kijk over het publiek heen. Ik zie Emma's hoofd boven de mensen uitsteken.

'Stilte,' antwoord ik. Dit was niet zo'n moeilijke keuze.

'Ook stilte!' zegt de man.

Mijn hart raast door mijn lichaam. Ik ben uit deze wirwar van verwarring ontsnapt. Ik adem diep in en uit. Ik leef nog. Het enige is even stil zijn. Ineens schik ik, onze tong wordt er toch niet uitgesneden?

De man laat zijn armen zakken en laat ons los. 'Twee weken moeten jullie je mond houden.' Hij kijkt ons diep in onze ogen aan. 'En als jullie de regel overtreden, dan gaat het offerritueel alsnog door.'

Mijn adem stopt spontaan. Gelukkig… hij gaat ons geen pijn doen. Ik wil schreeuwen maar dat kan niet. Ik heb niks gedaan… ik dacht dat het hier veilig zou zijn, maar daar klopt niks van. Ik dacht dat het hier beter zou zijn dan thuis, maar ik zou nu heel graag bij mijn moeder willen zijn. Zou ze er nog wel zijn?

Ik slik mijn gedachten weg. Iedereen staart ons juichend aan. Ik kijk Hannah aan. Ze heeft tranen in haar ogen. Ik wil haar stevig omhelzen, maar niet voor ieders ogen.

Ik grijp de laatste stenen en verplaats ze met moeite naar de overkant. Dit is nog veel erger dan school. Wanneer zou iemand merken dat ik weg ben van huis. Of mist niemand mij? Allemaal gedachten razen als pijlen door mijn hoofd. Ik probeer ze te negeren maar ze blijven maar komen. Na een lange dag ben ik zo moe dat ik staand in slaap kan vallen.

We eten niet veel die avond. Ik heb in twee dagen geen fatsoenlijke maaltijd gehad. Mijn maag rommelt van de honger en ik kan niet zo goed meer nadenken. Ik eet mijn laatste kruimeltje van het broodje op en veeg de kruimels op de grond. Ik plof op de matras. Ik ben nu al gek van het niet praten. Ik wil heel graag mijn mond opentrekken, maar ik leid mezelf af door het bedenken van verhalen in mijn hoofd. Ik maak vaak hele verhalen door alleen mijn gedachten te gebruiken. Soms schrijf ik ze op, maar dat kan nu niet. Ik heb vaker geprobeerd om er een boek van te maken. Het is een grote droom, maar ik haak steeds af. Misschien als ik thuis kom. Dan heb ik genoeg nagedacht en kan ik het eindelijk schrijven.

Ik lig een kwartier lang op de matras te fantaseren. Ik vergeet helemaal waar ik ben tot ik het zelfde fluitje weer hoor. Ik schrik uit mijn gedachten en help mezelf met moeite omhoog. Ik wrijf in mijn ogen. De grote wond op mijn voorhoofd trekt. Gapend loop ik naar de uitgang van ons hutje. Anna, Milan, Mick en Hannah lopen iets na mij door de deuropening. Ik ga iets langzamer lopen en ga naast Hannah lopen. Ik trek mijn mond open om dingen te vragen, maar bedenk me dan dat het helemaal niet mag.

Vanavond ging precies hetzelfde als gisteravond. We gingen in een kring zitten, je werd naar voren geroepen… en ja ook nog het lichaamsdeel. Ik walg van de gedachten dat ik een voet van een verloren persoon heb verbrand. De wonden doen minder pijn. Ze prikken en trekken vooral. Af en toe bevries ik als een wond langs mijn kleding schuurt. Maar niet heel vaak meer. Het meeste waar ik me zorgen over maak is hoe dit gaat eindigen.

Zou het hier eindigen? Of is er nog een weg hieruit?

Hoofdstuk 12

Dagenlang doen we hetzelfde. Niks anders. Ik huil overal, in bed en zelfs op het veld. Ik wil hier niet meer zijn. Niemand vraagt iets als ze mij zien huilen. Ik kan toch niet antwoorden, maar ik denk niet dat mensen het zouden vragen als ik wel kon praten. Zou ik na die twee weken nog wel kunnen praten? Het voelt alsof mijn lippen aan elkaar zijn gesnoeid. Als ik mijn mond wijd open doe voel ik mijn lippen ietsjes scheuren. Het lucht even op. Het is dag zeven, ik heb het bijgehouden. Ik heb een paar pogingen gedaan om te ontsnappen, maar dat laten de bewakers niet gebeuren. In mijn hoofd ben ik al ontsnapt. Ontsnapt uit de wereld. Hier is geen wereld. De wereld is mooi, maar dit is het tegenovergestelde. Dit is lelijke mishandeling.

Hoofdstuk 13

Ik weet het allemaal niet meer. Dagen gaan trager dan een slak. Ik voel me zwakker dan ooit. Als ik naar de gezichten van de mensen kijk, weet ik niet meer wat werkelijkheid is. Iedereen kijkt blij, maar mijn gedachten zijn alles behalve dat. Wat moet ik geloven? De mensen of mijn gedachten? Ik heb nog nooit zo veel blije mensen bij elkaar gezien. Heel zelden zie ik een scheef naar beneden staande mond. Twee van dat soort mensen zijn Hannah en ik. De rest van mijn groep is blij. Net zoals toen ik kwam, het leek zo leuk hier omdat iedereen blij keek. Is het een truc die mensen overhaalt? Om toch nog even hier te blijven? "We gaan je helpen!" schreeuwen de mensen naar je, zonder geluid te maken. Ik weet niet of mishandeling helpen is.

Het is dag dertien van onze straf. De stilte rent achter me aan en bedreigt. Het bedreigt tot ik niet meer kan. Nog een paar uur op de timer, dan kan ik eindelijk weer praten. Ik heb al veel gedaan in deze dagen. Dingen waar ik nooit aan zou denken. Walgelijke dingen. Ik heb heel veel verhalen zitten bedenken, maar op één of andere manier kom ik toch altijd terug bij het zelfde onderwerp. Twee meisjes op een vreselijke plek vallen voor elkaar. Ik weet over wie het gaat, maar ik weet ook dat zij niet op mij is. Dat is wel heel duidelijk… Ik begin steeds meer gevoelens te krijgen voor Hannah. Ik weet al een tijdje dat ik op meisjes val, maar val nooit op personen die ik kan bereiken… maar Hannah is anders. Ze kent mij, ze weet wie ik ben, ze weet dat ik besta. Ze weet alleen niet dat ik op haar ben. Na al die stilte zou je wel denken dat ik een manier heb bedacht om haar te vragen, maar nee. Ik ben er niet op voorbereid. Ik kan haar niet vragen, ze gaat nee zeggen… en dan zit ik met nog meer moeite… maar als ze ja zegt, dat is een kleine kans, maar dan zou het iets draaglijker worden hier. Maar ik ga er niet voor. Misschien als we hier samen uit kunnen komen. Dat is ook een vrij kleine kans. Nu ik hier over denk, word ik helemaal gek. Moet ik HIER oud worden? Tranen prikken weer in mijn ogen. Ik kan overal huilen, niemand geeft er om. Ik hou alsnog de tranen binnen. Ik word moe van het huilen. Ik kan niet nog moeier worden. Kan je wel overleven als je te weinig slaap krijgt voor zo'n lange tijd? Ik denk over alles na, ik adem in en uit maar niks helpt.

Hoofdstuk 14

Sirenes maken we wakker. Ik schrik omhoog. Ik had een vreselijke nachtmerrie. Wat is dat? Ik luister goed. Is het politie? Of misschien een ambulance? Er schijnen blauwe lichten door de kieren van onze hut. Ik probeer door de spleetjes heen te kijken. Iedereen zit rechtop. Mick wrijft in zijn ogen.

'Wat is dat?' fluister ik. Ik mag eindelijk weer praten. Mijn stem is schor en het voelt alsof ik adem haal na een lange stilte.

'Politie!' wordt er buiten geschreeuwd.

Politie?

Milan staat op en loopt naar de deur. Emma en Mick volgen hem. Ik volg hun voorbeeld, maar wordt naar beneden getrokken.

'Blijf hier,' fluistert Hannah.

Ik kijk haar aan, maar loop niet verder. Mijn hartslag schreeuwt door mijn lijf. Het is als een wild dier in een kooi.

Als Milan, Emma en Mick verdwenen zijn staat Hannah langzaam op.

'Kom,' zegt ze zacht. Ze pakt mijn hand en trekt me omhoog. Mijn hart slaat een paar slagen over. Als ik op mijn benen sta sluip ik achter Hannah aan. Ze steekt haar hoofd door de deuropening. Als ze ziet dat het veilig is wenkt ze me met haar hand. Ik loop gebukt door het gat van de deur. Voor ik verder stap kijk ik naar rechts en naar links. Links staan overal mensen maar ze kijken allemaal naar de andere kant. Ik draai mijn hoofd weer naar rechts en ren zachtjes achter Hannah aan.

Als we de bosrand bereiken sta ik plotseling stil. Dit mag niet. Nee, het kan ook niet. Er komen zo bewakers die ons op de grond gooien. Hannah kijkt naar achteren.

'Wat is er?' vraagt ze. Ze staat al half in het bos.

'Oh… niks.' Ik zet een stap naar voren en sta in één seconde tussen de bomen.

Hannah rent verder. Ik probeer haar snelheid bij te houden. Na een tijdje hoor ik de sirenes niet meer. Hannah stopt en leunt tegen een boom aan. Ze laat zichzelf naar beneden glijden en slaat een diepe zucht. Ik kom naast haar zitten. Niemand volgt ons.

Ik kijk haar aan. Haar ogen worden vochtig en ze laat een snik ontsnappen.

‘Gaat het?’ zeg ik zacht. Ik leg mijn hand op haar schouder. Mijn brein schreeuwt dat ik hem weg moet trekken, maar ik luister naar mijn hart.

Hannah snikt harder. Ze veegt haar tranen weg met haar handen.

‘Het is me gelukt,’ stottert ze. Ze draait haar hoofd naar mij en kijkt me recht in mijn ogen aan. ‘Het is ons gelukt.’ Ze slaat haar armen zonder twijfel om mij heen.

Warmte stroomt door mijn lichaam. Ik sla mijn armen ook om haar heen.

‘Natuurlijk is het je gelukt,’ fluister ik in haar oor. Ik laat een paar tranen vallen op Hannahs shirt.

‘Ik hou van je,’ snik ik in haar armen.

---HANNAH---

Hoofdstuk 15

Ik pak alle spullen bij elkaar. We gaan naar een betere plek. We gaan naar een plek waar mensen voor ons zorgen. Misschien wel een groot huis, misschien wel met grotere maaltijden! Ik ben blij om ergens heen te gaan. Ergens waar ik verder kan leven zonder me zorgen te hoeven maken over onze portemonnee. We kunnen de hypotheek niet meer betalen. We hebben zo hard geprobeerd om geld te krijgen, mijn vader is zelfs zes dagen in de week gaan werken, maar dat was niet genoeg. Uiteindelijk hebben we ons huis moeten verkopen. Mijn ouders hebben eerst alle schulden betaald en de rest van het geld hebben we aan de stichting gegeven waar we nu gaan wonen. Daarmee krijgen we daar een huis en hoeven we voor de rest van ons leven niet meer zorgen te maken over geld. Ik vind het heel erg lief dat ze mensen die in de problemen zitten op die manier helpen. Ik hoorde dat het niet heel dichtbij was, dus waar ga ik naar school? Kan ik een dagje in de week naar mijn vrienden? Allemaal vragen razen door mijn hoofd.

'Hannah! Kom je?' roept mijn moeder vanuit de keuken.

'Ja!' Ik storm door de kamer om de laatste spullen te pakken. 'Eyeliner, borstel…' mompel ik tegen mezelf. 'Heb ik alles?' Ik denk even na en knik dan, ja ik heb alles. Ik slinger de zware rugtas op mijn schouder. Ik verlies bijna mijn evenwicht, maar mijn handen grijpen net op tijd naar de deurpost. Ik race door de kamer naar de keuken. Als ik door de deur heenga sluit ik mijn ogen en laat een bekende geur mijn neus binnen dringen.

'Oeh, dat ruikt lekker!' zeg ik als ik mijn rugzak met moeite van mijn schouder afhaal.

'Ik ben ei aan het bakken, voor de laatste ochtend hier,' antwoordt mijn moeder.

'Lekker!' Ik hoor snelle voetstappen en in een seconde staat mijn vader naast me. Ik draai mijn hoofd naar links en zie dat hij zijn spullen ook al heeft.

'Ik ben klaar om te gaan,' zegt hij. Hij laat zijn mosgroene rugtas van zijn schouder glijden en laat het op de grond zakken.

Na een tijdje wachten op mijn moeder en luisteren naar mijn vaders gefluit, stappen we eindelijk in onze kleine auto. We hebben hem tweedehands gekocht, maar hij doet het nog goed. Ik kijk uit het raam en zwaai naar ons huis. Na een maandlang voorbereiden kunnen we nu eindelijk naar een betere plek. Het is een uurtje rijden naar de plek waar we hebben afgesproken met een vrouw. Ik word snel wagenziek dus ik mag voorin zitten bij lange ritten.

We rijden ons dorp uit. Nu mijn nieuwe leven heel dichtbij is begin ik toch wel te twijfelen. Moet ik wel blij zijn om ons dorp te verlaten? En mijn vrienden…

Na een uurtje rijden we een parkeerplaats op.

Mijn vader wijst naar een vrouw. 'Dat is ze.'

De vrouw heeft een capuchon op. Een paar plukjes donkerbruine haren vallen over haar schouders.

Ik duw de autodeur voorzichtig open. Ik ben bang dat ik de auto naast ons beschadig. Ik prop mezelf tussen de deuropening en sluit de deur achter me. Mijn vader loopt naar de vrouw, ik volg hem.

'Fijn om jullie te zien,' zegt ze.

'Heel erg bedankt dat jullie dit doen voor mensen zoals wij,' zeg mijn moeder. Ze kijkt mij aan en grijpt mijn hand vast. Zachtjes knijpt ze in mijn hand. Het geeft me een rustig gevoel. Even niet meer denken aan ons oude huis, oude dorp én oude vrienden. Ik maak hier waarschijnlijk wel nieuwe vrienden.

We lopen over een groot pad door het bos. Na een tijdje eindigt het pad, maar de vrouw loopt door. Wij volgen haar door de bomen en struiken. Ik geniet van de geur van de herfst. Ik draai mijn hoofd ietsjes naar rechts en zie dat mijn moeder ook haar neus ophaalt. Ze houdt van deze geur.

Ik kijk een stuk voor me uit. Ik zie een groot veld met houten hutten door de bomen heen. Sommige hutten zijn groot, andere klein. Overal zie ik mensen. Links en rechts, ze kijken allemaal blij. Hoe dichterbij we komen, hoe meer mensen ik zie. Het ziet er heel gezellig uit. Maar wat zijn ze allemaal aan het doen?

We zitten met ons drieën rond een tafel. Er komt een man aan met een schaal vol met eten. Speeksel vult mijn mond. Voor ons staan grote witte borden en zilver bestek.

'Pak maar zo veel als je wilt,' zegt de man. Hij houdt de schaal voor mijn gezicht. Ik pak er een paar stukken vlees af. Ik hou van vlees.

'Wat voor vlees is het?' vraag ik.

'Dat verschilt,' antwoordt de man.

Ik knik en pak nog een paar stukken vlees en leg het op mijn bord. Als laatste schep ik wat sla op. De man loopt door naar mijn ouders. Ik pak mijn mes en vork en snijd een stuk van het vlees. Het is perfect gebakken, niet te rood, niet te bruin. Ik steek het stuk in mijn mond en kauw het in kleine stukjes. Het is lekker, zo lekker dat ik mijn bord meerdere keren vul.

Ik eet me vol met het vlees tot ik niks meer op kan. Ik eet het alsof het de laatste keer is dat ik iets eet.

Hoofdstuk 16

We waren bijna klaar met eten toen er nog een paar mensen aankwamen. Ze sloten bij de tafel aan en aten de laatste minuutjes met ons mee. Mijn ouders zijn met hen mee gegaan, ik bleef alleen achter.

Ik zit nu in een ander hutje, het is ruim voor een hutje voor één persoon. Misschien moeten er nog meer mensen bij, bedenk ik. Als ik een uurtje in het hutje mijn spullen heb neergelegd, mag ik naar papa en mama toe. Niet voor lang, maar tien minuutjes is lang genoeg om hun hutten te bekijken. Ik had verwacht dat hier huizen zouden staan, maar hutjes zijn ook gezellig. Er kunnen hier ook geen tientallen huizen staan. Als de tien minuutjes voorbij zijn, worden we op een grasveld tussen de hutten in verwacht. Het is een groot grasveld. Als ik er samen met mijn ouders en de andere mensen die bij het eten waren sta, begint een man te spreken.

'Hallo nieuwelingen, wat fijn dat wij voor jullie plek kunnen maken.'

Ik zie een paar mensen opkijken rondom het grote veld. Wat zijn ze aan het doen? Ik let op een vrouw en zie dat ze bukt om iets op te rapen. Ze komt omhoog met een grassprietje en loopt van ons vandaan. Ik draai mijn hoofd weer naar de man. Rare vrouw, denk ik.

De man heeft een paar draadjes vast met stenen eraan. Een cadeautje? Hij stapt naar ons toe en overhandigt één voor één een ketting met een grijze steen. Hij slaat mij over. Waarom dat dan?

'Er staan hier twee complete groepen. Jullie zijn nu familie van elkaar.'

De mensen juichen. Ik kijk naar papa en mama en die juichen als ze de anderen horen schreeuwen. Ze doen net zo hard mee. Ik juich niet, natuurlijk.

'En jij,' de man wijst met zijn kromme vinger naar mij.

Ik schrik en kijk hem verbaasd aan. Ik wijs naar mezelf en vraag 'Ik?'

'Jij moet nog even wachten tot je ook een ketting krijgt.'

'Waarom?' stamel ik. Ik vind het een beetje onaardig van hem. Waarom krijgen mijn ouders en die vreemdelingen wel en ik niet?

‘Jouw groep is nog niet compleet, jij bent de eerste,’ antwoordt de man alsof hij mijn gedachten kan lezen.

Ik snap er niet veel van, maar knik gewoon maar. Ik hoef niet persé zo’n steen. Ik kan ook wel zonder.

Na een lange dag rotte bladeren onder de bomen wegplukken, plof ik eindelijk op de matras in de hut. Het was een lange dag. Ik draai op mijn linkerzijde om mijn schriftje uit mijn koffer te pakken, maar ik stop als ik zie dat mijn koffer er niet meer is. Mijn hart bonkt in mijn keel, waar is mijn koffer? Mijn dagboek zit er in! Wat nou als iemand het leest? Ik draai op mijn buik en laat mijn gezicht in het dunne kussen vallen. ‘Dit kan niet waar zijn!’ schreeuw ik met mijn mond tegen de stof gedrukt.

Hoofdstuk 17

Ik noem dit mishandeling. Het is pas de tweede dag dat ik hier zit, maar ik heb nu al door dat wij hier alles moeten regelen. Het zijn niet eens dingen die mensen helpen. Ik pak een emmer en loop voor de zoveelste keer weer naar het water. Met mijn kaken op elkaar gooi ik de emmer in het water en hijs het weer omhoog. Het water druipt door de gaatjes van de emmer. Ik hou de emmer tussen mijn armen geklemd en loop naar het midden en gooi het laatste beetje water in de put. Wat een onzin.

Na een lange dag water verplaatsen, plof ik eindelijk op de matras. Er zitten geen botten meer in mijn benen, zo voelt het. Het was al een slechte dag gisteren door de lege vloer zonder dagboek naast mijn matras. Maar in de avond werd het pas echt gruwelijk. Lichaamsdelen slingerden in het vuur. Waar komen ze vandaan? Ik hield me stil toen ik een losse hand vasthield en het in het vuur gooide. Het was echt afschuwelijk. Ik duik weer in elkaar door mijn gedachten. Ik heb die nacht nauwelijks geslapen.

Papa en mama zeiden dat dit een goede plek was. Ik vraag me af of papa de vrouw wel goed heeft verstaan. Wat is hier goed aan? We doen opdrachten die geen betekenis hebben. De mensen worden moe maar worden verplicht om door te gaan. Mensen worden geplaatst in een groep die je nieuwe "familie" wordt. En de avond brengt je trauma's. Zou ik hier ooit nog aan wennen?

Ik stap naar voren als ik mijn naam hoor. Ik slik de brok ik mijn keel weg, het denkbeeldige touw om mijn nek knelt harder dan dat het ooit heeft gedaan. Ik loop naar de grote container en steek mijn hand er aarzelend in. Ik voel wat vingers en ik trek er een kleine hand uit. Ik voel het denkbeeldige touw nog harder knellen, zo hard dat mijn huid in mijn gedachten paars wordt. Het lijkt op een hand van een kind. Dit kan ik ook zijn, in de toekomst. Ik loop op het grote vuur af. De felle vonken dansen door de wind. Het voelt als een paar weken geleden. Ik had de hand van mijn nichtje vast. Samen liepen we naar de speeltuin. Het was heel gezellig toen ik haar op de schommel duwde. Maar nu zijn er geen ledematen, geen romp, helemaal niks, alleen een hand. Ik gooi de hand in het vuur zonder ernaar te kijken. Een knoop vormt zich in mijn buik.

Hoofdstuk 18

We zitten hier nu al een paar weken. Ik heb mijn ouders niet meer gesproken. Ik heb geen idee waar ze zijn gebleven. Als ik naar mijn vaders hut loop, zie ik dat hij er niet is.

'Waar is papa?' vraag ik aan een vrouw.

De vrouw kijkt op van haar lege bord. Ze aarzelt. 'Het spijt me dat ik het je zo moet vertellen,' zegt ze.

Mijn hartslag gaat tekeer. 'P-papa…'

'Hij is op een betere plek… hij is daar veilig,' vertelt ze me.

'Is hij… is hij dood?' Tranen glimmen in mijn ogen. Mijn adem wordt zwaar.

'Hij is er veilig,' herhaalt ze.

Nadat ik het nieuws van papa te horen kreeg, ben ik naar mijn hut gerend. Tranen stroomden als een waterval over mijn wangen. Mijn gezicht is nog steeds nat van de tranen. Ik wil schreeuwen, maar er komt geen geluid uit mijn keel. In plaats van schreeuwen loop ik naar mama's hut. Als ik naar binnen kom, zie ik dat haar hoofd in haar armen begraven zit. Haar gezicht is rood. Zachte snikjes komen van haar af. Het breekt me. Ik draai me weer om en ren naar het midden. Daar staat de man met zijn rug naar me toe gedraaid een vrouw aan te spreken. Ik loop woest op hem af en stomp mijn vuist in zijn rug, net onder zijn schouderbladen. Er ontsnapt een klein kreetje uit zijn mond en hij draait zich snel om. Als ik in zijn ogen kijk, word ik bang. Ik deins achteruit, maar ga snel weer rechter staan. Dat heb ik geleerd van een leraar toen ik in een slechte tijd zat, ik lijk nu zelfverzekerder. Mijn stem verraadt ook niet dat ik bang ben. 'Waar is mijn vader!' spuug ik in zijn gezicht. Zijn handen wrijven over de plek waar ik net heb geslagen. Stiekem vind ik het leuk om te zien dat ik hem pijn heb gedaan.

'Jouw vader is op een betere plek, kleintje!' spuugt hij terug.

Hij lokt me uit, dat weet ik zelf ook wel. Mijn hart krimpt ineen maar ik vertrek geen spiertje.

'Betere plek? Is het hier geen goede plek ofzo?' Ik knars met mijn tanden over elkaar. Ik had kunnen weten dat het hier niet veilig is, maar we waren helemaal in de wolken van het idee om een goed thuis te hebben. Ik had het kunnen weten vanaf het moment dat ik iedereen zag werken, maar ik luisterde niet naar mijn hart. Ik kan nog weg, bedenk ik.

'Natuurlijk is het hier een goede plek.' Hij legt een hand op mijn rechterschouder. Ik deins naar achteren.

'Wil je je vader zien?' vraagt hij.

Ik adem in. 'Is hij nog hier?' vraag ik vol hoop.

'Natuurlijk is hij hier nog,' zegt hij met een piepstem.

'Doe niet zo kinderachtig!' Die zin ontsnapt zomaar uit mijn mond. 'Breng me gewoon naar mijn vader!'

Zijn gezicht ontspant even en kijkt me dan met een dodelijke blik aan. Ik ril en sta vastgenageld aan de grond.

Ik loop achter hem aan. Ik heb een slecht gevoel, maar ik luister nooit naar mijn hart. Ik wil mijn vader zien! Wachten gaat me nu niet lukken. Wat nou als hij wel dood is? Als zijn lichaam gewoon ergens in de container met lichaamsdelen zit, zou ik dan sterven van verdriet?

We lopen ver van het binnenveld weg. Als we bijna de bosrand bereiken, stopt hij voor een grote hut. De hut is net iets anders dan de anderen. Het is ruimer en heeft een hoger dak. 'Waarom is papa daar?' Ik klink als een vijfjarige die zijn ouders in de winkel is kwijtgeraakt. Ben ik te kinderachtig voor een zestienjarige?

Ik stap naar binnen en zie een man met een grote jas. De jas is zo lang dat het op de vloer hangt. Hij zit aan een tafel met een leeg bord voor zijn neus.

'Deze jongedame wil u zien,' zegt de man die mij hierheen heeft gebracht. Jongedame? U? Dat is netjes van hem.

'En waarom wil deze jongedame mij zien?' vraagt hij.

'Ze wil weten waar haar vader is, meneer.'

Meneer? Wow, dat is attent van hem. De man moet wel heel bijzonder zijn om hem zo aan te spreken. Ik kijk voor de eerste keer in zijn ogen en stop even met ademen door de schrik. Ze liggen diep in zijn oogkassen. Een kleine schaduw valt over zijn ogen. Het ziet er mysterieus en gevaarlijk uit, misschien zelfs een beetje dodelijk. Ik blijf staan met mijn voeten aan de vloer gepind. Ik kan hier gewoon wegrennen wanneer het gevaarlijk wordt, houd ik mezelf voor.

Ik sta nog steeds in de deuropening als de man zijn eten krijgt. Het is dezelfde maaltijd die ik een paar dagen geleden kreeg. Hij grijpt een paar stukken vlees van de schaal. Als hij al begint aan het stuk vlees, graait hij nog wat sla van de schaal. Zijn handen zien er vies uit. Iets glimt als stroop over zijn handen, maar ik weet niet wat het is. Zijn nagels zijn bruin en misvormd. Ik ril. 'Waar is mijn vader?' vraag ik zacht, maar hard genoeg zodat hij het verstaat.

'Je vader heeft geprobeerd om met de buitenwereld te communiceren. Dat is erg tegen de regels en regels zijn regels,' antwoordt hij. 'Om zijn fouten recht te zetten, hebben we hem geofferd aan de hoge leden.'

Ik ren schreeuwend de hut uit. Ik duw en bots tegen iedereen op. Als ik aankom bij onze hut gooi ik de tafel om en plof huilend op mijn matras.

Hoofdstuk 19

Nee, dit kan niet! Het is mijn vader! Hoe durven ze! Gedachten razen als auto's door mijn hoofd. Alles botst tegen elkaar. Ik lig met mijn gezicht op mijn kussen op de matras. Ik wil dit niet meer. Ik wil hier niet meer zijn. Maar als ik wegga, dan verlaat ik mama. Ik was net klaar met die stomme klusjes, toen ik het nieuws hoorde van papa. Nee, dit kan niet!

Ik ben nog niet bijgekomen, natuurlijk niet. Ik ren snikkend naar mijn moeders hut. Het maakt me niet uit wie er allemaal om haar heen zit, maar ik duw ze opzij en spring in de armen van mijn moeder. Ze snikt zacht, maar hoe langer ik in haar armen zit, begint ze steeds harder te snikken. Ik wil het haar vertellen, maar ik krijg geen geluid uit mijn keel.

'Z… Ze,' probeer ik te zeggen, maar ik kom niet verder. Een vrouwenstem stelt me gerust.

'Neem je tijd,' fluistert ze.

Ik knik.

Na een tijdje snikken in de armen van mijn moeder kan ik eindelijk iets zeggen.

'Ze… ze hebben hem geofferd,' vertel ik haar. Pijn raast door mijn lichaam als ik mijn moeder nog dichterbij trek. Het is MIJN vader, HAAR man! Hoe durven ze hem te gebruiken?

Ik huil nog een tijdje, tot ze me loslaat. Ik kijk in haar ogen. Ze zijn helemaal rood en ze ziet er erg moe uit. Ik weet dat we nu niet kunnen gaan slapen. Ik weet dat er nog meer komt.

Hoofdstuk 20

Er zijn dingen die me al een tijdje bezighouden. Maar één ding het meeste. Waarom kijkt iedereen zo blij? Een paar dagen nadat we het nieuws van papa te horen kregen, keek mama weer blij. Een stomme glimlach. Waarom zou je blij kijken, als je weet dat je hier elk moment je laatste adem kan uitblazen. Ik zou nooit, maar ook nooit blij kijken in deze omgeving. Dat is wat ik een paar dagen geleden dacht, maar ik ben bang dat ik overgehaald word. Mensen worden hier compleet gehersenspoeld, misschien is mama daarom blij gaan kijken, omdat iedereen het doet. Ik moet volhouden om niet blij te kijken, ik wil mensen waarschuwen die hierheen gaan. Het is zwaar hier, maar ik wil verder om iedereen te helpen. Ik denk vaak weer terug aan vroeger. Het kan nooit meer precies zoals toen worden, maar als ik hier weg ben, kan ik het zo goed mogelijk maken.

Ik zag bewakers vlakbij het bos staan. Ze houden waarschijnlijk iedereen in de gaten, dus ik moet oppassen met wat ik doe.

Geen idee hoelang dat nog duurt, maar ik ga hier weg! Ik ga een plan bedenken om te ontsnappen. Ik doe alles om hieruit te ontsnappen. Samen met mama of desnoods alleen.

Hoofdstuk 21

Het is misschien wel een maand nadat papa zijn laatste adem heeft genomen. Ik ben de tel van de dagen kwijt. Mama leeft nog, maar een paar mensen zijn plotseling verdwenen uit hun hut. Ik hoef het niet te vragen, want ik weet al waar ze zijn. Ik leef nu niet meer alleen in het hutje. Ik doe ook niet meer alleen de klusjes. Er zijn de afgelopen dagen nog drie leeftijdsgenoten bij mij gekomen. Mick, Emma en Milan. Mick is gewoon normaal, misschien een beetje druk, maar Milan is nog drukker. Emma is stil en slim, zij is hier al het langste van hun drieën. We missen nog één persoon tot wij ook een "familie" zijn. Ik haat het dat ze het een familie noemen. De enige familie die ik heb, of eigenlijk had, zijn mijn vader en moeder. Als we naar het midden geroepen worden, staan we allemaal van onze matrassen op.

Ik zit aan de tafel waar dit alles mee begon. Dit is de vijfde keer dat ik hier aan zit. Toen ik kwam en toen de andere drie "familiegenoten" kwamen. Dat betekent dus dat het missende puzzelstukje van onze groep eraan komt. Zou het een meisje zijn? Of een jongen? Ik weet het niet, maar het maakt me ook niet uit. Ik ben dan deel van een complete "familie", ik weet alleen niet of ik dat wil.

De ronde tafel kraakt als de vrouw het eten erop zet. Ik probeer niet te veel te denken aan het vlees en de onschuldige mensen die gebruikt zijn.

Het nieuwe meisje zit naast mij en ze staart mij lang aan. Ik pak wat sla van de schaal en kauw er moeizaam op. Ik hoop niet dat er nog wat resten van het vlees aan zitten.

'Wil je geen vlees?' vraagt het meisje.

Ik schud mijn hoofd. Alweer staart ze me aan, ik zie het in mijn ooghoeken. Ik draai mijn hoofd naar haar toe, van schrik draait ze haar hoofd weer weg. Ze heeft een regenboog armbandje om haar arm en haar haar is prachtig bruin. Ik voel mijn maag raar doen. Ieuw… dat is raar. Ik heb nog nooit zoiets gevoeld voor een meisje. Ik moet het maar gewoon stoppen, ik hou niet van meiden, niet op die manier.

Ik ril als ik zie dat ze op het vlees kauwt en geniet.

'Wie ben jij eigenlijk?' vraagt Emma na een tijdje.

'Emily.' Ze stelt zichzelf aan ons voor.

Wij doen hetzelfde.

Milan is stil, merk ik op. Dat is niks voor hem. Was dat gisteren ook al zo? Misschien wel.

Als we bij de hut zijn pak ik mijn zelfvertrouwen weer op.

'Oké, jij moet nog een paar dingen leren,' neem ik de leiding.

Ze knikt langzaam.

'Wij zijn een familie, met ons vieren konden we niks doen. We zijn dus heel blij dat jij er bent,' lieg ik. Waarom zou ik blij zijn dat we er nu bij horen? 'En oh… je moet je armbandje af doen.' Ik wijs met een zacht trillende hand naar haar regenboog armbandje. Alles flapt er zomaar uit. Ik wou het echt niet zeggen… Ik weet ook niet waarom ik dat zei.

'W-waarom?' stottert ze. Ik denk dat ze zelf niet doorheeft dat ze stottert.

'We staan hier geen regenboog toe…' voeg ik toe. Ik klink heel gemeen. Ik wil niet zo gemeen klinken, maar ik kan het niet helpen.

'Wie heeft dat gezegd?' vraagt Emma aan mij. Ze klinkt een beetje boos.

'Waarschijnlijk Hannah zelf,' zegt Mick. 'Met haar homofobie.'

Ik krimp ineen door zijn woorden. Ik hoop dat niemand dat ziet.

'Oké,' fluistert ze bijna. Ze houdt haar ogen op haar arm gericht en kijkt niemand aan. Langzaam laat ze het van haar arm afglijden.

Ik wil haar arm grijpen en zeggen dat het mij spijt, maar ik luister nooit naar mijn hart. En als ik het doe, dan lijk ik niet meer zo zelfverzekerd. En dat is wel nodig in deze tijd.

Emma zegt dat ze het niet hoeft te doen, maar ze doet het toch.

'Goede eerste indruk,' zegt ze hard. Zou dat sarcastisch bedoeld zijn? Of meende ze het?

Het is stil, totdat ik de stilte verbreek. 'Ehm… misschien is het ook goed om te weten dat je hier waarschijnlijk niet meer wegkomt,' zeg ik. Ik geloof niet meer in een terugweg. Ik voel een stomp in mijn arm, het is de elleboog van Mick. Ik kijk hem een halve seconde aan als waarschuwing en kijk dan weer weg.

Emily kijkt verward. Ik durf te wedden dat haar gedachten door haar hoofd razen.

'Hoe laat is het?' vraagt ze om naar een ander onderwerp te gaan. Ze haalt haar telefoon uit haar broekzak als ze van Mick hoort dat hij het niet weet.

Mijn hart bonkt in mijn keel. Ze heeft een telefoon, schreeuwt er door mijn hoofd. ze kan de politie bellen!

'Geef hier!' roept Mick. Emily schrikt en stopt haar telefoon snel weer in haar broekzak.

Ik zeg even niks en laat alles even gebeuren.

Na het kattengevecht tussen Emily, Mick en Emma wordt de deur opengeslagen.

De man die ik een tijdje geleden nog heb geslagen staat in de deuropening. Hij kijkt razend maar praat rustig. 'Lopen jullie maar mee,' zegt hij met dezelfde stem als een maand geleden. Zou hij het hele gesprek hebben gehoord? En heeft hij alles gezien?

'Lekker bezig,' fluistert Mick tegen Emily.

Ik wil hem een stomp teruggeven maar doe het niet, zo krijg ik nog straf.

Hoofdstuk 22

Emily slaat keihard op de lege telefoon. Iets heeft haar pijn gedaan, maar wat? Ze is hier alleen naar toe gekomen, zonder haar ouders. Ligt het aan haar ouders? Heeft ze nog ouders of is ze net zoals ik iemand verloren. Ik leun iets naar links en kijk door het publiek naar de glasscherven op de steen.

Iedereen klapt en juicht als ze voor de laatste keer slaat. Emily kijkt eerst verward maar haar gezicht wordt steeds meer gevuld met blijheid als ze naar de mensen kijkt. Ze draait iets meer naar mij toe. Haar mondhoeken zakken naar beneden als ze ziet hoe ik kijk.

De man geeft ons een lelijke ketting, een ketting met een grijze steen die je op grindpaden kan vinden en gewoon mee kan nemen. Ik sluit mijn handen om de steen en voel hoe koud het is. Ik ga haar zo vertellen wat hier achter zit. Ik ga haar de waarheid vertellen. Eens kijken hoe ze reageert als ze dit allemaal hoort.

Ik plof op de bijna achterste matras en Emily ploft naast me op haar matras.

'Hou je niet van vlees?' vraagt ze als ze haar hoofd naar mij toe draait en op haar armen laat steunen.

Ik zucht, ook al is dit fijn dat ze het vraagt. Nu hoef ik alleen maar haar vraag te beantwoorden en vertellen over het walgelijke vlees.

'Niet dit vlees. Er zit een verhaal achter.' Ik hou het mysterieus en spannend, alsof het een sprookje is. Was het maar een sprookje, dan leefde mijn vader nog.

Ik buig naar haar toe.

Ze rilt als ik adem.

Ik slik een brok uit mijn keel en begin met praten. 'Mensenvlees… het is mensenvlees wat je net hebt gegeten,' adem ik tegen haar oor.

Ze zit zo stil als maar kan. Ik wil haar helpen, echt helpen, maar ik doe het niet.

De rest van de groep is er inmiddels ook omheen komen zitten.

'I-ik wou het eerder zeggen, maar dat kon niet.' Ik praat iets harder dan nodig is.

'M-maar waarom?' Ze snapt het overduidelijk niet. Ik ook niet.

'Ik ben misselijk,' fluistert ze. Ze slikt.

'Mensenvlees is hier best normaal,' zegt Milan.

Hier is het normaal… spookt de stem van Milan door mijn hoofd.

Het is al laat, Emily heeft geluk dat ze na het lichaamsdelen-ritueel is komen aanlopen. Anders had ze nog meer meegemaakt dan dat ze nu al heeft meegemaakt.

Ik lig op de matras naast haar en kijk in het donker naar haar. Ze is mooi, zelfs als ze slaapt.

Ik moet stoppen met die gedachten, maar het lukt niet. Ik val niet op meisjes, dat ga ik ook nooit doen.

Nadat ze het nieuws heeft gehoord van het vlees is ze snel in slaap gevallen. Het was waarschijnlijk een hele lange dag voor haar.

Hoofdstuk 23

Al wekenlang doe ik het zelfde. Eerst het ochtendritueel, iedereen doet precies wat er gezegd wordt. Je blijft, gaat weg of wacht. Ik heb nog nooit hoeven wachten, ik mocht altijd weer naar het hutje gaan. En dat is raar want Emily moest wachten. Ik vroeg haar waarom toen ze weer terugkwam. Ze zei dat het was omdat ze een nieuweling was. Ik had dat niet, ze zijn me waarschijnlijk gewoon vergeten, dat gebeurde vroeger wel vaker. Maar wat werd daar allemaal gezegd? Heb ik iets gemist? Is er iets wat ik moet weten dat ik nog nooit heb gehoord?

Als tweede moet je een paar uur lang werken, klusjes die niks helpen. Klusjes waar niemand iets aan heeft. Emily is flauwgevallen, haar schetsboek is kwijt. Ik weet waar het is, het spijt me. Ik was er doorheen aan het bladeren en was vergeten het terug te leggen. Het ligt onder mijn matras. Ik zal hem teruggeven wanneer ik de kans krijg. Het raakt me om te zien dat ik haar zoveel pijn heb gedaan.

En als laatste het vieze en ergste wat we moeten doen, het avondritueel. Ik kijk nooit naar wat ik pak, ik hou me in om weg te rennen. Ik denk niet dat Emily het gaat volhouden om hier te blijven vanavond. Ik ken haar nog niet zo lang, maar ik weet al wel dat ze niet heel stabiel is. Iets heeft haar iets aangedaan. Of iemand. Misschien is het lang geleden, maar het is iets wat haar nog steeds pijn doet. Ik kan mensen vaak lezen zonder dat ik ze goed ken. Het is een soort van superkracht, niet heel veel mensen kunnen het zo goed als ik.

We zitten weer in een grote kring. Emily zit naast me. Ik ben bang voor wat ze zo gaat zien. Mijn gedachten klinken als een moeder die om haar dochter geeft. Ze is niet mijn dochter! Ze is zelfs ietsjes ouder dan ik! Ik zucht een klein beetje omdat ik gek word van mijn gedachten, maar ze blijven maar komen.

Ik hou mijn ogen dicht als iedereen aan het lopen is om de delen te verbranden. De sterke geur is niet te houden.

Ik voel een takje kraken bij de plek waar Emily zit. Ik draai langzaam mijn hoofd naar links. Ik hou mijn adem in als ik mijn ogen ietsjes open doe. Ze is niet meer op de plek waar ze zat. Ze is weg. Ik draai naar achteren en zie haar hard wegrennen. Ze komt in de problemen! Ik wil haar helpen, maar dat gaat niet, ik wil niet in de problemen komen… zelfs niet voor Emily. Ik kijk naar rechts en zie dat Emma ook doorheeft dat ze weg is. We mogen onze ogen helemaal niet openen op deze tijd, dus ik sluit mijn ogen weer. Mijn hart bonkt keihard in mijn keel.

Na een kwartiertje zit Emily weer naast me. Ze zit onder het bloed. Hoe durven ze haar gewoon hier te laten zitten? Het is gevaarlijk, misschien verliest ze wel te veel bloed.

Maar dat maakt hen volgens mij niets uit.

Ik sta op als ik mijn naam hoor. Emily strijkt met haar hand langs mijn mouw en snikt. Het lijkt wel alsof ze me smeekt niet te gaan zonder iets te zeggen. Ik voel een knoop in mijn maag ontstaan, maar negeer het.

'Ik zou voor altijd bij onze familie blijven. Ik herdenk de tragische doden. Ik gedenk de gestorvenen. Tot mijn eigen dood,' zeg ik voordat ik naar de zijkant loop. Ik ken het gebed al helemaal uit mijn hoofd. Het is een beetje ouderwets. "Gedenk de gestorvenen…" Ik denk niet dat iedereen hier dat doet…

Ik sluit mijn ogen en hou mijn adem in als ik met mijn hand een arm pak. Het stinkt heel erg. Het is de sterkste geur die ik ooit heb geroken. Zelfs als je je adem inhoudt, kruipt de geur naar binnen.

Ik heb weer moeite met slapen. Ik hoor Emily de hele tijd snikken. Haar hele lichaam zit onder wonden. Ik snap wel dat ze huilt… ze heeft pijn en heeft iets meegemaakt dat niemand zou horen mee te maken.

Toen ik het voor de eerste keer meemaakte heb ik ook de hele nacht gehuild. Ik had het beeld de hele tijd in mijn hoofd. Nu ben ik hier al bijna twee maanden, denk ik. Ik ben de tel een beetje kwijt, maar het zijn ongeveer zestig dagen. Het voelt alsof ik hier al levenslang zit. Ik kan niet meer aan vroeger denken, want ik weet al bijna niet meer hoe dat was.

Ik zou willen dat ik hier weg kon, maar ik heb het bij Emily gezien. Het is precies zoals ik al had verwacht.

Ze laten je niet zomaar gaan…

Hoofdstuk 24

Ik zie de hogere mensen lekker eten terwijl ik de stenen verplaats van de ene naar de andere kant. Mijn maag knort, ik heb eten nodig, zal ik het doen? Ik kan naar mijn moeder gaan die daar zit… zal ze me nog wel kennen?

Het lijkt alsof ze is overgenomen. Al snel kreeg ze verschillende stenen. Nu heeft ze een mooie felblauwe steen om haar nek hangen. Zou ze papa nog missen? Of weet ze niet meer hoe hij eruitziet.

Ik sta stil en staar naar mijn compleet andere moeder. Hoe is ze zo geworden? Een traan vormt zich in mijn ogen. Ik bijt op mijn lip om de tranen te onderdrukken, maar ze stromen al naar buiten.

'Mama?' snik ik. Ze hoort mij niet dus ik loop nog verder naar haar toe. Haar ogen vinden die van mij. Ze glimmen, maar niet van tranen. Ze is blij, zo blij als de dag dat we vertrokken. Waren we maar niet gegaan… 'Mama, mag ik…' Ik veeg de tranen van mijn wang af.

'Hé, schat,' zegt ze. Haar glimlach wordt nog groter, zelfs als ze in mijn rode ogen kijkt. Ze lijkt mijn verdriet niet te zien.

'Je weet toch nog wel wie ik ben?' vraag ik voor de zekerheid.

'Ja, natuurlijk schat! Je bent mijn dochter.'

Ik adem in. Gelukkig, ze kent me nog. 'Papa…' snik ik. 'Ik mis hem…'

'I-ik weet niet waar je het over hebt,' antwoordt ze verward. Haar ogen kijken diep in de mijne, zou ze het menen?

Ik loop verder naar haar toe. 'Papa,' snik ik. Ik voel mijn knieën knikken en ik val bijna op mijn knieën.

'Je hebt geen papa,' zegt ze iets harder.

Ik snap het niet meer, ik heb een vader, ik weet het zeker. Ik HAD een vader… 'Mama… ik kan niet meer,' snik ik. Ik sta met knikkende knieën voor haar. Ik ben heel dun geworden in twee maanden. Je kan mijn ribben zien, maar met een shirt aan zie ik er hetzelfde uit als vroeger.

'Hier, wat eten,' zegt ze.

Ik doe mijn mond open om te protesteren, maar doe het niet. Ik heb het nodig, maar ik weet dat ik in de problemen kom. Ze hebben het duidelijk gezegd. Geniet van het eten dat je krijgt, deel het niet met anderen. Misschien krijgt mama er problemen mee, maar ze is zo veranderd dat het mij niet heel erg meer uitmaakt. Ik pak het stuk vlees aan en bedank haar. Ik prop het in mijn mond en voel een paar laatste tranen uit mijn ogen glijden.

Ze overhandigt me een glas met water als ik het stuk vlees op heb. En ineens herinner ik me wat ik net heb gegeten. Ik voel een lichte duizeligheid ontstaan, maar snel drink ik het water. Ik voel zurigheid in mijn keel komen. Ik kots over de tafel met eten heen. Ik heb het vlees gegeten… nee… waarom let ik ook niet op wat ik eet. Ik had zo'n honger…

De kots druipt van het tafelkleed.

Ik voel een hand op mijn schouder en ik wordt meegetrokken. Ik schreeuw maar het helpt niet. Ik ben moe en zie overal sterretjes.

'Alsjeblieft niet…' fluister ik schor, maar de man trekt harder aan mijn arm en ik kan niks anders doen dan meelopen.

Hoofdstuk 25

Ik kijk door het publiek heen, zoekend naar Emily. Ik vind haar ogen, ze kijkt met angst naar mij. Ik probeer haar een zachte blik te geven maar het wordt meer een verdrietige moederblik.

Er staan heel veel mensen om mij heen, maar mijn moeder kan ik nergens vinden. Ze is waarschijnlijk gewoon aan het chillen, ze maakt zich geen zorgen over mij, dat weet ik bijna zeker.

'Het is weer offertijd!' schreeuwt de man naast mij.

Ik heb me, nadat ik hem heb geslagen, nog meer geïrriteerd aan hem. Hij kijkt me altijd aan als ik die stomme klusjes aan het doen ben. Een blik waarvan ik rillingen krijg, boos met een vleugje liefde. Ik weet niet waarom.

Mijn hart stuitert door mijn hele lichaam van schrik nu ik me realiseer waarom ik hier sta. Ik adem diep in, met de gedachten dat dit een van mijn laatste ademteugen is.

De man houdt mijn hand stevig vast en houdt hem omhoog, alsof ik een wedstrijd heb gewonnen en wacht op mijn prijs. Maar die komt niet. Ik heb gefaald, niet gewonnen. Als ik hen moet geloven, is dit het einde.

Maar dan komt er een schreeuw uit het publiek. Iemand duikt naar links om iets te ontwijken. Ik ril met mijn arm langs de arm van de man. Een meisje van ongeveer mijn leeftijd rent op me af. Emily?

Emily staat trillend voor mij. Ze draait haar hoofd naar achteren. Alle aandacht is op haar gericht. Wat doet ze?

'En wie ben jij dan?' vraagt de man.

'I-ik…' stamelt ze. Ze is bang, net zoals ik.

De man lacht, 'je hoeft niet bang te zijn hoor.'

Ik haat die lach. Ik zie Emily moeite doen om iets te zeggen, maar ik weet al wat ze wil zeggen… Ze kan dit niet doen, nee het kan gewoon niet. Ik wil in haar gezicht schreeuwen, maar tegelijkertijd wil ik haar ook omhelzen. Zo hard dat ze niet meer kan zeggen wat ze wil zeggen.

'Ik wil me opofferen, voor haar,' fluistert ze bijna.

Die laatste twee woorden… nee alsjeblieft niet, wil ik schreeuwen. Ze heeft niks gedaan! Waarom doet ze dit! Ze kent me helemaal niet goed! Ik wil keihard huilen. Vanbinnen doe ik het al.

Als de man vraagt wat ze zei, herhaalt ze het, nog iets harder deze keer.

'Ik wil me opofferen,' zegt ze. Ze zegt het nu zonder die twee woorden die me een verassend genoeg een warm gevoel gaven. Maar dat warme gevoel is al snel weer weg door haar eerste woorden. Ik wist al dat ze het ging zeggen. Ze kan niet meer terug, ze heeft er zelf voor gekozen. Ik kijk in haar ogen met een angstige blik. Ik wil schreeuwen, maar ik sta maar op mijn plek te staren hoe Emily wordt meegetrokken aan de hand van de man. Hij houdt haar hand hoog in de lucht en trekt een scheef lachje.

'Een regelovertreder en een vrijwilliger!' juicht hij als hij Emily naast mij heeft getrokken.

Ik wil door de grond heen zakken. Niet van schaamte, maar van verdriet.

'Jullie mogen kiezen, offeren aan de leider,' roept hij over het juichende veld.

Ik ril bij het woord "leider". Ze mogen kiezen, bedenk ik me. Is er dan nog een andere keuze?

'Of…'

Er is dus een andere keuze! Maar is het wel beter?

'Gedwongen stilte!' roept hij.

Alle mensen om ons heen juichen net zo hard als net. Ze juichen altijd, het maakt niet uit waar het om gaat. Het lijken wel robots.

'Dan vraag ik het wel aan deze twee,' zegt hij iets zachter.

Gelukkig, anders hadden ze natuurlijk gekozen voor opofferen. Dan is er meer te beleven.

'Wat willen jullie?'

Ik wil praten, maar er komt haast geen geluid uit mijn keel. 'Stilte,' zeg ik zo zacht als een krekel.

'Wat zei je?' Hij leunt iets dichterbij. Ik ril door zijn adem in mijn nek. Ik wil hem weer slaan en schoppen, maar dat zal het einde betekenen.

'Stilte,' zeg ik iets harder.

'Gedwongen stilte voor het meisje hier.'

Meisje… als hij me langer kende had hij mij geen meisje meer genoemd. Als ik meisje hoor, denk ik aan vroeger. Dat meisje is er niet meer, ze heeft een ander leven, een ander uiterlijk. Alles is anders geworden aan dat meisje.

Emily antwoordt precies hetzelfde als ik, maar dan iets harder. Hoe is ze nog zo zelfverzekerd? Of is ze dat niet?

Ik haal opgelucht adem als de man mijn arm loslaat. Er staan rode strepen op van zijn greep.

'Twee weken moeten jullie je mond houden. Als jullie de regel overtreden, dan gaat het offerritueel alsnog door.'

Ik adem iets minder hard dan net, twee weken is te doen. Alleen even stilzijn en dan is het klaar. Ik heb zo'n geluk dat ik hier uit ben gekomen.

Ik ben opgelucht, maar alsnog komen er tranen in mijn ogen. Ik zoek Emily. Als ik mijn hoofd draai, zie ik dat haar ogen op mij gericht zijn.

Hoofdstuk 26

Ik wil dit niet meer. Thuis was veel beter, ook al dacht ik er vroeger anders over. Ik lag elke avond huilend in mijn bed. Ik dacht dat het daar het ergste op de wereld was. Weinig geld, niet veel eten, niks. Mijn ouders waren de enigen die mij daar lieten blijven. Ze waren zo lief en ze deden alsof er niks aan de hand was. Alsof ze nog genoeg geld hadden om te leven. Maar op een avond stond ik voor hun kamer, de deur was gesloten. Ik hoorde iemand huilen. Het was mijn moeder.

'Het komt goed hoor,' stelde mijn vader haar gerust.

Maar haar snikken werden juist luider. 'Wat moeten we Hannah vertellen?' Ze praatte zacht, maar hard genoeg dat ik het hoorde.

'Ze hoeft het niet te weten, dat heb ik al een paar keer gezegd.'

Ik bleef staan, ik wou er meer van weten.

'Ik ga wel meer werken, zes dagen in de week moet te doen zijn.' Mijn vader zegt het op een zachte rustige toon, maar ik hoorde dat hij verdriet achterhield.

Die avond kwam ik erachter dat we een geldprobleem hadden. Ik huilde toen ik terugkwam in mijn kamer. Het werd een soort van routine om elke avond te huilen, ook al wou ik dat niet.

Mijn vader was kapper en mijn moeder werkte bij iemand in de tuin. Ze werden nergens anders aangenomen, ik ben er nooit achter gekomen waarom.

De kapperszaak waar mijn vader werkte had nooit veel klanten. Hij had het zaakje zelf opgericht. Ik weet nog dat hij zo trots was. Maar dat veranderde snel toen hij geen klanten kreeg behalve onze familie. Er werkten twee medewerkers, één daarvan was hijzelf. Alle dagen in de week, behalve zondag, was de zaak open. Hij werkte vijf dagen in de week voordat hij nog een dag erbij ging werken. In het weekend was hij vrij en deden we de hele dag spelletjes.

Het huis waar mijn moeder werkte, was van een oude vrouw. Ze kon moeilijk lopen, maar weigerde om in een bejaardentehuis te wonen. Ze was aardig… maar ook een beetje streng. Mijn moeder werkte maar vier uur per dag, vijf dagen in de week. Er was altijd wel iets te doen in het huis of in de tuin. Tien euro per uur is niet was ze had verwacht toen ze het grote huis van de oude vrouw zag. Toen ze op een dag plotseling in haar slaap overleed, kwamen we nog meer in de problemen. Kort daarna verkochten mijn ouders ons huis en kregen we hier een plekje. Deze plek zou beter zijn, niemand had verwacht dat het hier zo'n duistere plek zou zijn. Als ik hier ooit ontsnap, dan ga ik niet meer opzoek naar ons oude huis. Ik ga zelf geld verdienen, zelf een verblijfplaats regelen en zelf vrienden maken. Echte vrienden die ik niet in de steek laat. Niet nog een keer.

Hoofdstuk 27

Ik schrik uit mijn gedachten als ik ver hier vandaan harde geluiden hoor. Ik heb nauwelijks geslapen, net zoals alle dagen hiervoor. Ik ga rechtop zitten en luister nog iets beter. De geluiden worden steeds luider, dat betekent dat het dichterbij komt! Na een tijdje kan ik uit de geluiden halen dat het sirenes zijn.

'Politie!' wordt er buiten geschreeuwd.

Politie? Ze moeten wel heel goed rijden als ze door alle bomen heen willen met auto's.

Ik voel een stroom adrenaline door mijn lichaam schieten. Ik kan hier weg, maar dan moet ik opschieten. Ik kijk naar Emily. Ze kijkt verschikt. Ik grijp haar arm als ze opstaat om de rest te volgen. 'Blijf hier,' sis ik. We kunnen hier weg. Niet alleen ik. Wij met ons tweeën. Ik zeg die zinnen niet hardop, maar ze blijven maar in mijn hoofd razen.

Ik houd een oog op de deuropening. Als Milan, Emma en Mick verdwenen zijn sta ik langzaam op. 'Kom.' Ik kijk vlug door de hut heen, niemand in het zicht, behalve ik en Emily. Ik steek mijn hand uit naar

Emily. Mijn gedachten schreeuwen als haar vingertopjes op mijn hand rusten om omhoog te komen.

Ik steek mijn hoofd door de deuropening en kijk naar links en naar rechts. Links staan honderden mensen. Het is te veel om in één dag te tellen. Vooral omdat je al hun gezichten niet uit elkaar kunt halen vanwege de fakelach.

Ik wenk Emily om me te volgen.

Ik ren weg van de sirenes. Als we bij de bosrand aankomen kijk ik naar achteren. Ik sta al tussen de bomen, maar Emily stopt plotseling.

'Wat is er?' vraag ik haar.

Ze aarzelt. 'Oh… niks.' Er is overduidelijk wel iets, maar we hebben weinig tijd, dus we moeten door.

Ik ren keihard tussen de bomen door, ik ren alsof er een moordenaar achter me aanzit. "Harder!" hoor ik mijn brein zeggen, dus ik druk mijn laatste beetje energie in mijn benen en ren harder dan dat ik ooit heb gedaan. Ik ontwijk een paar bomen. Hijgend kom ik tot stilstand als ik de sirenes niet meer hoor. Ik zet mijn handen op mijn knieën om te rusten. Emily komt een paar seconden later ook aangerend. Ik stap iets naar achteren en laat me tegen de boom aanglijden naar beneden. Het is gelukt… ik laat de tranen uit me stromen, het maakt me niet uit dat

Emily het ziet. Als ik probeer de tranen tegen te houden, lukt het toch niet.

Emily gaat naast me zitten. 'Gaat het?' vraagt ze zacht.

Ik heb nog nooit zo'n mooie rustige stem gehoord. Ik wil het zeggen, maar het enige geluid dat uit mijn keel komt, is een klein piepje.

Ze legt haar hand op mijn schouder. Ik voel dat ze hem weer wilt wegtrekken, maar ze laat hem rusten op mijn schouder. Haar duim wrijft over het holletje onder mijn schouder. Mijn botten zijn daar duidelijk zichtbaar na deze maanden.

Ik veeg mijn tranen weg. 'Het is me gelukt,' snik ik. Ik kijk haar voor de eerste keer aan nadat we de tent uitrenden. 'Het is ons gelukt,' verbeter ik mezelf. Ik sla mijn armen zonder twijfel om haar heen. Ze voelt warm aan. Als ze haar armen ook om mij heen slaat, wordt het nog warmer.

'Natuurlijk is het je gelukt,' fluistert ze. Emily laat een traan op mijn shirt vallen. Het vocht trekt in de stof. 'Ik hou van je,' snikt ze in mijn armen.

'Ik hou meer van jou,' antwoord ik. Voor één keer luister ik naar mijn hart.

Haar hart dreunt in haar borstkas.

Ik duw haar na een tijdje van me af als ik ben gestopt met snikken. Ik kijk haar diep in haar ogen aan en leun iets naar voren. Mijn armen grijpen haar hoofd en ik druk mijn lippen zacht op de hare. Dit is wie ik ben, dit is wie ik altijd al was, maar ik had het nog niet door.

Hoofdstuk 28

Ik schaam me voor zonet. Mijn gezicht is waarschijnlijk helemaal rood, maar tussen al die rode kleuren kon ze, denk ik, ook heel goed mijn roze wangen zien. Die zijn niet vanwege schaamte, maar omdat ik op een of andere manier genoot van wat er net gebeurde. Ik voel na een eeuwige tijd weer iets warms tussen mijn ribben. Ik weet dat ze het niet erg vond, want ze ligt nu met haar hoofd op mijn schouder. Ik wil haar vragen of ze mij aardig vindt, maar ik doe het niet, want het is wel duidelijk dat ze me niet haat. Hoelang heeft ze dit al? Al lang of pas sinds zonet?

Na een tijdje zitten op de natte grond realiseer ik me wat er in mijn broekzak zit. Ik heb ze snel onder mijn matras vandaan gegrist toen ik de politie hoorde. Ik wil niet dat ze mij nadat ze er achter komt dat ik het heb "gestolen", niet meer wilt zien, vooral als ze denkt dat ik ze niet bij me heb. Daarom heb ik ze meegenomen.

'Het spijt me, maar ik heb nog iets van jou… ik kan het uitleggen,' fluister ik.

Haar hoofd beweegt langzaam van mijn schouder af. Ze kijkt me aan met een vragende blik. 'Wat bedoel je?'

Ik steek mijn hand in mijn broekzak en haal het kleine boekje eruit samen met het armbandje. Ik kijk haar aan als ik de twee voorwerpen in haar zichtveld houd.

'H-hoe kom je daar aan?' vraagt ze.

Ik hoor aan haar stem dat ze verrast is. 'Ik zat te kijken in jouw boekje… Ik vond het zo mooi en toen was ik vergeten om hem terug te leggen, want ik viel in slaap met het boekje nog in mijn handen. Het spijt me echt heel erg.' Ik kijk naar beneden, ik gok dat haar emoties zo teveel zijn voor mij.

'Ik ben zo blij! Dankjewel!' zegt ze harder dan zonet. 'Je hoeft je echt niet te verontschuldigen hoor.'

Ik schrik van haar antwoord. Natuurlijk is ze blij, ze heeft haar schetsboek weer terug. 'Echt?' vraag ik voor de zekerheid.

'Natuurlijk! Ik ben hem niet kwijtgeraakt. De volgende keer dat je wil kijken mag je het gewoon vragen,' zegt ze snel op een heel blije toon.

Ik heb haar nog nooit zo blij gehoord. Het maakt mij blij, maar ik laat het niet merken.

'En deze,' ik hijs het armbandje iets hoger, 'heb ik bewaard, vraag niet waarom.' Ik voelde me schuldig, dus ik heb hem bewaard.

'Waarom?' vraagt ze blij. Haar stem klinkt alsof ze op dit moment het liefst in het rond wilt springen.

Ik zucht omdat ze doet wat ik haar verbood. 'Ik heb geen idee,' antwoord ik. Ik lieg.

'Kom, we gaan een dorp of stad zoeken,' zeg ik na een tijdje praten. Ik sta op en kijk in het rond opzoek naar iets van licht, maar ik zie niks. Het is heel donker en ik zie alleen maar een klein beetje door het maanlicht.

Emily is ook al opgestaan. 'Zullen we daarheen?' Ze wijst naar een plek waar veel bomen staan. 'We komen van daar.' Ze wijst naar de andere kant. 'Dus we kunnen gewoon doorgaan met lopen. Ver weg van hier.'

Ik knik en begin met lopen.

'Doen je wonden nog pijn?' vraag ik na een tijdje lopen in de stilte.

'Niet echt meer,' antwoordt ze.

Ik kijk haar aan. Het maanlicht in haar donkere haren ziet er mooi uit. 'Fijn, was ook niet heel slim van jou,' lach ik. 'Maar ik snap het wel hoor.'

Ze lacht niet, maar ik zie dat ze een grote glimlach op haar gezicht heeft.

De kou is waarom ik ril. We lopen hier mogelijk al een uur, misschien wel langer. Hoe groot is dit bos wel? Ik knijp mijn ogen tot spleetjes en kijk ver weg tussen alle bomen door. Zie ik nou iets van licht?

'Emily, zie jij ook iets van licht?' vraag ik haar.

Ze knijpt haar ogen ook samen en focust. Haar ogen worden weer groot als ze iets ziet. 'Ja… ja, ik denk het ook!' Ze gaat steeds harder praten.

Ik ben blij om te horen dat zij het ook ziet, maar ook een beetje bang. Er is waarschijnlijk een dorp, of misschien wel een stad. Ik ben lang niet meer op een bewoonde plek geweest. Nou… ik bedoel een plaats waar mensen echt "wonen", niet gevangen zitten, dat is anders.

Waarschijnlijk zijn wij overal op het nieuws geweest, denk ik. Ik weet bijna zeker dat Emily wel in het nieuws is geweest. Ze is hierheen gekomen, helemaal alleen. Niemand wist er waarschijnlijk van, anders hadden ze haar wel gewaarschuwd.

En er is nog een manier waarop mensen erachter kunnen komen dat wij verdwenen zijn. Dat zijn mijn moeder, Emma, Milan en Mick.

Ik hoop dat niemand ons herkent.

Hoofdstuk 29

We staan verbaasd voor een winkel. Er is nog niemand op straat te vinden. De kleine wijzer van de klok op de kerk staat op de vier. Het is nog pikkedonker. Mijn ogen staren naar het papiertje dat op het raam van het kleine winkeltje hangt.

VERMIST EMILY VEERBERGEN
Lengte: 1,65
Donkerbruine lange haren
Vrij slank
Zag er verzorgd uit voordat ze vermist was
Wijde donkergrijze broek
Laatst gezien in de trein naar Steverdorp
Op woensdag 11 september
Bel de politie als je meer informatie hebt
[Foto van Emily]

'Emily…' zeg ik zacht. Als ze geen antwoord geeft kijk ik haar kant op. Haar ogen staan vast op haar vermissingsposter. Ik grijp haar schouders vast en kijk diep in haar ogen.

'Emily, het komt goed. Mensen missen jou, ze zijn op zoek naar jou,' probeer ik haar gerust te stellen.

'Ja… dat snap ik, maar wie?' zegt ze zacht. Haar ogen worden rood.

Ik grijp haar schouders harder vast dan nodig is. 'Iedereen die je kent. Ze missen je, geloof me.' antwoord ik duidelijk. Ik weet niet veel van haar vroegere leven, maar ik weet zeker dat mensen haar aardig vonden. Ze is zo zorgzaam en eerlijk, het zou een wonder zijn als mensen haar zouden haten. 'We gaan gewoon door met lopen, we komen echt wel ergens.'

'Waar wil je heen dan?' vraagt Emily. 'En hoe wil je daar heen?' Emily's ogen worden roder en er ontsnapt een traan die langs haar wangen glijdt.

Ik had daar nog niet over nagedacht, maar kom snel tot een conclusie. 'Ik heb geen thuis meer, dus misschien kunnen we naar jouw stad toe. Als je er klaar voor bent, kunnen we naar jouw moeder.' Ze heeft mij over haar moeder verteld. De tijd dat we moesten lopen hebben we over van alles gepraat. Niet alleen maar leuke dingen.

Emily denk na. 'Ja, dat is goed. Hoe wil je daar komen?' vraagt ze.

'Eh… Liften zou kunnen,' denk ik hardop.

'Liften! Dat kan ook zonder geld,' zegt Emily iets blijer.

We staan al een heel lange tijd langs een grote weg, maar zijn haast nog geen auto's tegen gekomen. Het is nu bijna half zes in de ochtend. Mijn benen knikken van de kou. Ik steek mijn duim op voor de zoveelste keer dat er een auto aan komt rijden. Ik ben benieuwd of de bestuurder ons wel ziet door het donker. We staan wel onder een lantarenpaal, dus het moet te zien zijn. Op die vraag krijg ik al snel genoeg antwoord. De auto remt zachtjes af als hij bijna bij ons is. Het raam gaat langzaam naar beneden als de auto tot stilstand komt.

'Hebben jullie een lift nodig?' vraagt de man achter het stuur.

Ik knik hevig.

Hij wijst naar de achterbank en vertelt ons dat we mogen gaan zitten.

Ik kijk Emily nog even aan voordat ik de deurklink vastpak. Als hij haar maar niet herkent…

Hoofdstuk 30

Ik zit oncomfortabel in de autostoel. Het komt niet door de man, hij ziet er aardig uit, maar ik ben bang dat hij ons herkent.

'Waar willen jullie heen?' vraagt hij. 'Ik heb alle tijd vandaag.'

'Jourstad,' antwoord Emily zacht.

'Daar komen mijn ouders vandaan!' zegt hij blij. Hij neuriet vrolijk een liedje mee van de radio.

Ik kijk naar de linker autostoel.

Emily beweegt zenuwachtig met haar benen. Haar hoofdwond is nog flink duidelijk, als de man er maar niet om vraagt.

Ze staart naar een schaar die onder de voorste autostoel ligt. Het lijkt alsof ze iets van plan is.

De auto is heel rommelig en er liggen overal spullen.

'Hoelang zaten jullie al te wachten?' vraagt de man.

Als Emily niet antwoord, geef ik antwoord. 'Een uurtje denk ik.'

De man gaat verder niet in op het gesprek en geniet weer van de popmuziek.

Emily's hand gaat naar beneden en ze raakt de schaar aan. Ik grijp haar arm vast en kijk haar met grote ogen aan. Ze wijst met haar wijsvinger naar haar haar. Ik begrijp haar niet. Waarom wil ze haar haar afknippen. Waarom precies nu. Emily gaat weer rechtop zitten en buigt naar mijn oor.

'Op de vermissingsposter stond dat ik lang haar had,' legt ze heel zacht uit.

Ik kijk haar vol ongeloof aan, maar dan knik ik. 'Alleen als je zeker weet dat je het wilt,' fluister ik terug.

Ze knikt en grijpt de schaar van de autovloer. Met haar handen schuift ze haar haarelastiekje ietsjes naar beneden. Ze knipt langzaam haar lange haar af. Ik zit maar te kijken hoe de schaar langs haar mooie haar gaat. Ze klapt de schaar weer dicht en legt het weer op de vloer. Ze houdt haar lange paardenstaart vast en kijkt er naar. Ik had verwacht dat ze verdrietig zou zijn, maar als ik haar blik zie, kijkt ze verrassend blij. Haar hoofd draait naar mij terwijl ze haar lange staart in haar broekzak propt. Ze bijt op haar lip met mondhoeken die omhoog getrokken worden. De lange haren zijn verdwenen en ze ziet er heel anders uit. Het is een beetje scheef geknipt, maar dat ziet er best schattig uit. Als alles weer normaal wordt, als dat überhaupt ooit gebeurt, dan betaal ik voor de kapper. Ik trek mijn mond open om het haar te vertellen, maar wordt tegengehouden door de radio.

'Het meisje die vermist wordt is nog niet terecht. Het gaat om de zeventienjarige Emily Veerbergen uit Jourstad. Ze heeft donkerbruin lang haar en is één meter vijvenzestig. Kijk op onze website voor een foto.'

Ik ben bang, maar hou me rustig zodat we niet verdacht lijken.

De man kijkt via de achteruitkijkspiegel naar Emily. Hij blijft even staren maar kijkt dan weer terug.

Net op het nippertje…

'De politie had verwacht dat het meisje bij de sekte zou zitten die eerder vandaag is opgepakt, maar ze is nergens te bekennen. Ook had een vrouw in de sekte het over haar dochter. Ze vertelde dat ze Hannah heet, maar de vrouw was flink in de war.'

Mijn hart gaat tekeer in mijn borstkas, maar gelukkig rijden we nu net Jourstad binnen en kunnen we zo snel mogelijk uit deze auto ontsnappen.

'Voor de rest weten ze niet wie er nog meer uit de sekte is ontsnapt. De politie heeft de plek onderzocht en heeft een lichaam gevonden. De politie verwacht dat er nog meer lijken opduiken in de sekte, ze hopen zo snel mogelijk iedereen te vinden… En dan nu het weer, het is ze-…'

Ik voel mijn hart door mijn hele lichaam en mijn hoofd wordt licht. Wat nou als ik hier flauwval, dan zou hij meteen weten dat ik er iets te maken mee heb. Ik hou me stil en adem rustig door mijn neus. Ik zie dat Emily hetzelfde doet. Ik leg mijn hand op de hare. Ik voel hoe warm ze is.

'Zou ik jullie hier afzetten?' vraagt de man.

'Is goed,' zeg ik zo zacht dat ik bijna fluister.

Hij remt af en parkeert aan de zijkant van de straat.

Ik kijk angstig heen en weer. Er zijn gelukkig niet veel mensen op de straat, ik hoop dat ze ons niet herkennen. Misschien hebben we iets fout gedaan.

Ik grijp met mijn trillende hand de handgreep en stap uit de auto. Ik bedank de meneer en sluit de deur.

Net voordat hij vertrekt, gaat het raam open. Heeft hij ons door? Wat als dat zo is?

'Als jullie hulp nodig hebben, moeten jullie het nu zeggen,' zegt hij.

Ik schud mijn hoofd en kijk Emily vol angst aan.

Hij heeft iets door.

Hoofdstuk 31

Mijn voeten staan stevig op het paadje naar Emily's huis. Sommige mensen hebben ons aangestaard op weg naar haar huis, maar wij keken weg en liepen snel door. Ik hoop dat we niet verdacht leken. We moesten lang lopen om naar Emily's huis te komen. Het is al bijna half acht.

'Het is hier leeg,' zegt Emily als ze terugkomt uit haar huis. Ze heeft een trilling in haar stem die me zorgen baart. Ik mocht niet mee naar binnen vanwege haar moeder, ze was bang dat ze weer op de bank lag met blikjes bier op de vloer.

'Ze is niet thuis.' Emily klinkt nu nog banger en de trillingen in haar stem nemen toe.

'Het komt goed, we vinden haar wel,' zeg ik zacht. 'Ze is vast in goede handen.'

Ik loop over het tuinpad terug naar de weg. Ik kijk naar de huizen waar de buren van Emily in wonen. Bij één van de huizen wordt een deur dichtgeslagen.

'Emily! Wacht!' schreeuwt een vrouw die uit het huis komt rennen. Ze is best oud, maar ze heeft nog een goede conditie. Ze rent van haar oprit af naar ons toe.

Ik stop met lopen en blijf staan. We zijn erbij.

'Alstublieft mevrouw, ga ons niet aangeven bij de politie,' snikt Emily achter mij.

Ik draai me om en sla een arm om haar heen. 'We hebben niks fout gedaan, het komt goed,' vertel ik haar zonder zelfvertrouwen, maar dat laat ik haar niet merken.

'Ik ga niks doen, ik beloof het,' hijgt de vrouw als ze voor ons staat. Ze leunt met haar armen op haar knieën.

Ik haal opgelucht adem.

'Je moeder, het gaat goed met haar.' Ze raakt snel weer buiten adem door haar snelle gepraat.

'Waar is ze?' vraagt Emily snel voordat de oude vrouw weer verder gaat praten.

'In het ziekenhuis, ik breng jullie er wel heen,' zegt ze.

Ik kijk Emily aan. Is deze vrouw te vertrouwen? Ze knikt, dus het is veilig.

'Kom!' roept de vrouw. Ze heeft al een paar stappen gezet richting haar auto.

Ik loop achter haar aan naar de blauwe Volkswagen.

'Is er iets ergs met mijn moeder?' snikt Emily. Ik hoor dat ze haar gesnik probeert tegen te houden. Ik krijg een brok in mijn keel en moet hem wegslikken om weer iets beter te ademen.

'Ze was eergisteren gevallen, een gebroken neus en arm. Het gaat al weer iets beter.'

Ik hoor Emily naar adem happen.

'H-het spijt me…' zegt Emily. 'Ik wou echt niet zo hard slaan, maar ik kon er niks aan doen.'

Ik hou mijn adem in. 'Er gebeuren wel vaker dat soort dingen.' zeg ik. Ik probeerde eigenlijk iets beters te zeggen, maar kon niks bedenken.

Ik zit wiebelend achterin de auto.

'Jullie zien er slecht uit, als we zo bij het ziekenhuis zijn geweest, moeten jullie je maar opfrissen. Maar vertel mij waar jullie waren. Waren jullie bij die sekte? Of had de politie het fout?' vraagt de vrouw die blijkbaar Rina heet, snel achter elkaar.

'Ze hadden het goed, ik had nooit gedacht dat ik daar zou belanden,' antwoorde Emily. 'Ik wist niet dat het een sekte was, totdat ik het nieuws hoorde. Het was de vreselijkste plek die ik me kan bedenken. Leven of dood.'

Rina snakt naar adem. 'Leven of dood,' herhaalt ze zacht. 'Ze zijn opgepakt,' zegt ze. Ze remt af voor een rood stoplicht. Als het licht groen wordt, praat ze verder. 'Ze zijn op zoek naar jullie. Nog niet alle personen zijn gevonden. Ik ben zo blij dat jullie hier zijn. Jullie hadden dit nooit mogen meemaken. Niemand had dit mogen meemaken.'

Rina parkeert de auto op de parkeerplaats. Ik stap uit en loop naar de ingang van het ziekenhuis. Wat als mensen ons herkennen? Vraag ik me af. We verzinnen vast wel iets.

We lopen snel door de gangen en ontwijken oogcontact met iedereen die ons voorbij loopt. Rina loopt voor ons, ze weet de weg naar Emily's moeder. Ze stopt voor deur negenentachtig.

'Hier is het,' zegt ze. Ze pakt de deurklink vast en trekt het naar beneden. De deur gaat open en ze loopt naar binnen. Ik wacht totdat Emily naar binnen gaat en dan volg ik haar.

Ik zie Liliane op een ziekenhuisbed liggen. Haar ogen zijn open en ze kijkt verbaasd naar Emily.

'Emmy?' vraagt ze. Ze ziet er slecht uit.

'Het spijt me,' snikt Emily. Ze loopt verder naar haar moeder. Tranen glimmen op haar wangen. 'Het spijt me echt,' zegt ze weer.

'Degene die sorry moet zeggen, ben ik. Het spijt me Emily, ik had beter voor je moeten zorgen.' Haar ogen worden heel rood en ze laat haar tranen gaan.

Emily ademt zwaar. 'Ben je gestopt met drinken?' vraagt ze aan haar moeder.

Ze trekt haar mond open om antwoord te geven, maar dan wordt de deur open geslagen.

Ik kijk geschokt naar achteren en zie een dokter in de deuropening staan.

'Emily, Hannah, komen jullie mee?' vraagt een agent die achter de dokter staat.

Mijn hart gaat tekeer en de wereld draait om me heen. Ik wil nee schreeuwen, maar in plaats van dat, knik ik mijn hoofd.

Hoofdstuk 32

We lopen door de gang van het politiebureau. Ik ben bang dat we opgesloten worden, we hebben toch niks gedaan? Van buiten snik ik, maar van binnen ben ik aan het schreeuwen. Mijn brein verlaat mijn hoofd bijna.

'W-wat moeten we doen?' vraagt Emily na een tijdje.

'Jullie zijn een van de weinigen die nog goed kunnen nadenken en weten dat het een vreselijke plek was. Jullie wisten zelfs nog te ontsnappen. Daarom willen we jullie vragen om de leider aan te wijzen, zodat we verder kunnen met ons onderzoek,' antwoordt de agent zonder op te kijken van het gangpad.

'Zitten we dus niet in de problemen?' vraag ik. Ik krijg eindelijk weer woorden uit mijn mond, maar mijn hart is nog steeds niet stil. Het is juist sneller gaan kloppen na wat ik net hoorde. Ik wil niemand meer zien die in de sekte zat. Emily is de enige. Zelfs mijn moeder niet.

'Nee, waarschijnlijk niet.' zegt hij kortaf. Hij is waarschijnlijk niet echt iemand die van praten houdt.

Ik loop door de deuropening en kijk door een raam naar een groepje mensen die ik ken van de sekte.

'Ze kunnen jullie niet zien, er zit een glas voor dat aan de andere kant een spiegel is.

Iedereen staat op een rijtje zonder gezichtsuitdrukking. Ik loop met mijn ogen langs het rijtje. Iedereen heb ik al een keer gezien. Ze hebben allemaal een hele mooie steen om hun nek, dus ze zijn van de hogere rang. Ik denk dat ik iedereen heb gezien totdat ik iets meer naar binnen loop. Achter de muur staat mijn moeder verstopt. Ik voel mijn hart in mijn hoofd en deins naar achteren. Tranen springen in mijn ogen en ik kijk de agent aan. Ik schud mijn hoofd en laat de traan ontsnappen.

De agent wenkt met zijn handen dat ik weer terug moet komen, maar ik sta versteend en kan geen stap verzetten.

Emily loopt naar mij toe en geeft me een knuffel. 'We doen het samen,' fluistert ze in mijn oren.

Ze houdt me vast en samen lopen we naar voren. Alles draait, behalve ik. Ik sta als een ton met cement op de grond en tril van angst.

'Oké, we gaan beginnen, jullie zeggen "ja" als het de leider is en "nee" als het niet de leider is,' legt één van de agenten ons uit.

Ik knik.

'Is dit de leider?' Hij wijst naar een vrouw aan het begin van het rijtje. Ik heb haar al een paar keer gezien, maar ik weet dat ze niet de leider is.

'Nee,' zeggen we.

De agent drukt op een knop en de vrouw wordt weggehaald uit het rijtje. 'Is dit de leider?'

Zo ging het een tijdje door.

'Is dit de leider?' vraagt hij.

Hij wijst naar de man die ik maar één keer heb gezien. Ik denk terug aan zijn nare lach die hij op zijn gezicht plakte toen ik voor hem stond. 'Ja,' antwoord ik.

De agent knikt en de man wordt weggehaald.

'Is er nog iemand in dit rijtje die jullie niet vertrouwen?' vraagt de agent.

'Nee,' antwoorden we.

'Dankjewel voor het helpen, we kunnen nu snel door met ons onderzoek,' zegt hij.

Ik geef hem een “jij ook bedankt blik” en loop naar de uitgang van deze ruimte. Mijn moeder is niet genoemd, nu hopen dat ik haar zo snel mogelijk weer kan zien.

Het is nog voor twaalf uur als we het politiebureau uitlopen, maar het voelt alsof het al een paar dagen is dat we uit de sekte zijn. Ik stort bijna in elkaar door alle kilometers die we vandaag hebben gewandeld en alle nare herinneringen die zich opdringen.

Hoofdstuk 33

7 maanden later

Ik zit samen met mijn moeder en Emily in de rechtszaalbanken en wacht af tot er een uitspraak komt.

'Ik heb je al gezegd dat ik niks heb gedaan!' schreeuwt de sekteleider door de zaal.

'Meneer! Blijf rustig!,' roept de rechter.

De vingers van de griffier razen over de letters van het toetsenbord om alles over te nemen.

De leider staat op en slaat met zijn vuisten op tafel.

Ik kijk toe terwijl ik mijn adem in hou.

Twee agenten komen van achteren aangelopen en grijpen zijn armen vast.

'U heeft tientallen mensen vermoord en honderden mensen mentaal gemarteld en u denk nog steeds dat u hier weg kan zonder een passende straf. Dat is knap,' zegt de rechter. Hij blijft vreemd genoeg best rustig. 'Dus hierbij verklaren wij u voor een levenslange celstraf. Einde rechtszaak!'

Hoofdstuk 34

Ik lig op mijn rug op het bed in Emily's huis. Ik staar naar het witgeverfde plafond. Vandaag was een lange dag. Het voelt alsof ik een week lang niet meer heb geslapen. Liliane is niet meer in het ziekenhuis, maar ik merk dat het lastig is voor haar.

Mijn moeder zit achter de tralies. Volgende week is de rechtszaak voor iedereen die in het groepje zat van de hoge mensen in de sekte. Mijn moeder hoort daar dus ook bij, ik hoop dat ze snel wordt vrijgesproken. Ze is al een stuk meer zichzelf geworden. Ik had verwacht dat mijn leven tussen de bomen zou eindigen, maar ik ben er nog. Ik heb vreselijke weken gehad. Iedereen praat erover, het lijkt alsof Emily en ik beroemd zijn geworden. Ik zit nu tijdelijk op de school waar Emily ook op zit. Ze vertelde me dat ze niet veel vrienden had voordat ze wegging, maar dat is nu helemaal anders. Ik ben blij voor haar, voor ons.

Hoofdstuk 35

Het is vandaag de rechtszitting van mijn moeder. Kan mijn ze uit de gevangenis? Ik hoop dat ik weer haar gelach kan horen, net zoals vroeger. Ik mis de eieren die ze af en toe maakte voor ons. De eieren die ze maakte toen papa nog leefde.

Ik zit in de banken met Emily's handen in de mijne gevouwen. Ze draait haar hoofd naar mij en legt haar lippen op mijn neus. De kus geeft me rillingen van blijdschap. Het is een soort van ritueeltje geworden. Mijn gevoelens voor haar maken mij niet meer bang. Het is gewoon zo, ik kan mezelf niet dwingen om niet meer van haar te houden.

Ik zit zo erg in mijn gedachten dat ik niet doorheb dat de rechter al begonnen is.

'De mensen die hier zitten, hebben zelf waarschijnlijk nooit iets kwaads in de zin gehad, maar alsnog zitten ze hier. We hebben al veel overlegd, maar we kunnen niemand zomaar vrijlaten, omdat ze hebben gewerkt voor een vreselijke leider en daardoor medeplichtig zijn. Omdat ze geïndoctrineerd zijn, zal de celstraf tien maanden zijn mét een verplichte afronding van therapie,' zegt hij duidelijk.

Ik slik, tien maanden is veel.

'Maar omdat jullie al zeven maanden vast hebben gezeten, hoeven jullie nog maar drie maanden. Wilt iemand nog iets zeggen?' vraagt hij.

Ik schud mijn hoofd ook al weet ik dat hij het niet ziet. Ik heb al zeven maanden gered zonder mijn moeder, dan moet drie extra ook nog wel lukken.

Epiloog

1 jaar later

e stenen van de buitenvloer zijn warm door de zon. Ik pak de tang op en haal de verbrande speklap van de barbecue.

'Wie wil er een "iets te lang op de barbecue gelegen speklap" hebben?' giechel ik.

'Ik!' schreeuwt Emily.

Ik loop naar haar toe en leg het stuk vlees op haar bord. Ik geef haar een mes aan. 'Je kan het zwarte eraf schapen,' zeg ik.

Ze lacht. Ik hou van haar lach. Het klinkt mooi, maar ik hou er meer van omdat ik weet dat ze blij is.

Nadat Emily de speklap met moeite op heeft gegeten lopen we giechelend naar de keuken.

'Wat gaan jullie doen?' vraagt Yvonne. Ze is alweer helemaal zichzelf nadat ze in de sekte is geweest. Ze weet weer wat er met papa is gebeurt en is daar ook heel verdrietig om.

'Toetje maken,' geef ik mijn moeder als antwoord.

'Oké, laat het niet mislukken,' lacht ze terug.

'Dat zouden we nooit doen!'

Ik leg de grote plaat op de schaal met pudding.

'Aan jou de eer om het om te draaien,' zeg ik tegen Emily. Ik overhandig haar de schaal.

'Oké, drie, twee, één…' Ze draait de schaal om en laat het weer zakken op het aanrecht. 'Nu nog de schaal eraf halen,' zegt ze. Ze laat een diepe zucht ontsnappen en tilt de schaal voorzichtig op. De pudding zakt meteen ineen.

Ik lach en geef Emily een kus op haar neus en glij met mijn vingers door haar korte haar. 'Niet mijn schuld!' roep ik.

'Wat is er aan de hand?' schreeuwt Liliane door de achterdeur.

'Niks! Helemaal niks!' roept Emily terug.

'Kom dan maar snel hier met dat toetje,' schreeuwt ze terug. Ze klinkt heel blij.

Ik kijk Emily aan en lach. 'Ik denk dat er niks anders opzit dan ons kunstwerk laten zien,' giechel ik.

'Kom, dan gaan we,' zegt Emily. Ze heeft de pudding al op een dienblad gezet met een paar sausjes.

Ik stuiter achter haar aan.

'Tadaa!' zegt Emily als ze door de deuropening loopt. 'Onze mooie creatie, wat vinden jullie ervan?' vraagt ze. Ze zet de in elkaar gezakte pudding op de houten tafel.

'De kleur is mooi,' zegt Yvonne.

Het is lichtroze. Ik pak een paar bordjes uit de keukenkast en schep de pudding op, doe er wat chocoladesaus overheen en smul van de combinatie. Ik hou van chocoladesaus en wil het overal op doen, dus zelfs op pudding.

Eenmaal buiten hef ik mijn colaglas. 'Op het leven,' schreeuw ik.

Emily doet hetzelfde. 'En op mijn boek,' roept ze.

Ik kijk haar met verbaasde ogen aan. 'Wat bedoel je? Is het af?' vraag ik enthousiast.

Ze loopt naar binnen en komt in een paar seconden weer naar buiten met een boek in haar handen. 'En of het klaar is,' zegt ze blij.

Ik spring van mijn stoel op en ren naar haar toe. Ik bekijk het boek van de voorkant, achterkant en zelfs de binnenkant. 'Dit is echt zó gaaf!' schreeuw ik. Ik geef haar een knuffel. 'Wil je er nu eindelijk over praten? Ik ben heel nieuwsgierig! Vertel me, waar gaat het over?' vraag ik luid.

'Liefde vind je op de raarste plekken,' fluistert Emily in mijn oor. 'Zelfs onder de bladeren.'

Dankwoord

Ik droomde er vanaf mijn achtste al van om een boek te schrijven. Ik begon met een klein boekje waar ik in tekende en er wat zinnen bij schreef. Ik zat er laatst door te bladeren. Ik was er zo trots op vroeger, maar nu zie ik het als een schriftje met wat potloodkrassen.

Op mijn tiende schreef ik in een ander schriftje. Ik wilde doorgaan, want ik wist dat ik er ooit zou komen. Dat was alleen niet toen, ik stopte na een paar hoofdstukken.

Als afscheidscadeau van de basisschool had ik een boekje geschreven voor twee juffen. Het was niet supermooi geschreven, maar ik was er blij mee. Volgens mij was het zeventig bladzijdes. Nu heb ik er wel wat meer geschreven.

Toen ik in de eerste van de middelbare zat begon ik met schrijven op mijn laptop. Ik had een heel lijstje gemaakt met karakters, maar ben nooit verder gekomen.

En toen kwam de vakantie. Daar begon alles. Papa en ik bleven maar praten over dit verhaal, waardoor ik genoeg voorbereid was om al deze bladzijdes te schrijven. We hebben zo veel gelachen tijdens onze gesprekken. Papa, ik heb zo'n geluk om samen met jou dit verhaal tot leven te brengen. Er zijn nog veel aanpassingen gemaakt door mij, maar de basis is nog hetzelfde als alles dat wij hebben gezegd tegen elkaar. Ik heb zoveel gedroomd over dit verhaal. Ik wist dat het deze keer ging lukken. En ineens, na een paar maanden lang schrijven, was ik klaar. Nog niet helemaal klaar, maar ik had het hele verhaal op papier staan. Al het editen kon beginnen.

Papa, mama en oma. Jullie hebben geholpen om bijna alle foutjes te verbeteren. Jullie kunnen dat zó goed! Zou ik jullie vaker mogen vragen?

Dankjewel aan mijn zus Lara. Ze is de beste zus die ik me kan wensen. Ze is er altijd voor mij.

Dankjewel aan mijn vrienden.

En als laatste: dank aan iedereen die er voor mij is. Niet alleen voor dit boek, maar voor alles. Niet veel mensen wisten van dit boek, het spijt me dat ik het niet heb kunnen vertellen, maar ik wilde het nog even geheim houden.

Ik hoop nog lang te schrijven.

Over de auteur

Elke Brummelman (2012) is een jonge auteur. Ze schreef haar debuutboek "Onder de bladeren" op haar dertiende. Ze heeft veel hobby's, van schrijven tot haken. Ze wilt nog stapels andere boeken schrijven.

Contact:

Instagram: elke.brummelman

Website: elkebrummelman.nl

www.ingramcontent.com/pod-product-compliance
Lightning Source LLC
LaVergne TN
LVHW090519110826
845146LV00003B/921

* 9 7 9 8 9 0 3 2 9 3 1 5 5 *